옮긴이 **노지양**

연세대학교 영어영문학과를 졸업하고 KBS와 EBS에서 방송 작가로 활동하다 현재 번역가로 일하고 있다. 『나쁜 페미니스트』, 『헝거』, 『난 여자가 아닙니까?』, 『차이에서 배워라』, 『사나운 애착』, 『트릭 미러』, 『동의』, 『메리는 입고 싶은 옷을 입어요』 등 다양한 영미권 도서 100여 권을 우리말로 옮겼고, 에세이 『먹고사는 게 전부가 아닌 날도 있어서』, 『오늘의 리듬』, 『우리는 아름답게 어긋나지』(공저) 등을 썼다. 매일 책을 읽고 글을 쓰고 번역하는 생활에서 보람과 기쁨을 느끼고 있다.

KB123875

열린 공간의 위로

열린 공간의 위로

The Solace of Open Spaces

그레텔 에를리히 산문

노지양 옮김

B:

일러두기

- 인명, 작품명, 지명은 국립국어원 외래어표기법을 따르되 일부 명칭은 일반적으로 널리 쓰이는 표기를 따랐습니다.
- 단행본 및 정기간행물은 『』, 그림, 영화, 희곡의 제목은 〈 〉로 구분했습니다.
- 주석은 모두 옮긴이 주입니다.

목 차

나의 부모님과 프레스에게, 사랑을 담아

인생은 자유분방한 행상인
후두, 페니스, 무릎
시간과 엮인 지리는 운명이 된다.

조지프 브로드스키

서문

    이 책은 1979년부터 쓰기 시작해 1984년에 마무리했다. 처음에는 일관적인 서사를 시간 순으로 쓰고 싶었지만 어쩌다 보니 띄엄띄엄 생각날 때마다 한 편씩 썼고 원고가 모인 후에 시간 순으로 정리했다.

    이 책을 쓸 당시에 내 인생에서 일어났던 변화와 달라진 환경을 언급하지 않고서는 이 책에 대해 이야기할 수가 없다. 1976년에 다큐멘터리를 찍기 위해 와이오밍에 갔을 때의 나는 아침에 일어나 내가 어디에 있는지, 내가 여자인지 남자인지, 내 칫솔이 어떤 것인지 구분할 수 없었다. 큰 상실과 아픔을 겪고 있었고 짐도 없는 맨몸으로 극단적일 만큼 지리적, 문화적으로 상반된 곳으로 이주했지만 통제력을 아주 잃지는 않았다. 내 상태는 탐험가 짐 브리저가 쓴 문장과도 같았다. "나는 길을 잃은 건 아니었지만 몇 주간 어디에 있는지 몰랐다." 나의 경우에 (저어도 잠시 동안) 잃어버린 것은 내가 두고 온 인생을 향한 허기였다. 대도시의 편리함, 막역한 친구들, 익숙한 위안거리들이 그립지 않았다. 안정이란 오직 위장한 불안정이라 할 수 있었다. 상대적인 위치에 대한 기준점일 뿐, 앞으로 언제나 변할 수밖에 없다는 사실을 잠시 잊게 해줄 뿐이다.

친구들은 나의 와이오밍 '잠적 생활'이 언제 끝나느냐고 묻곤 했다. 그들에게는 와이오밍이 달처럼 고적하고 고립된 지역, 지적으로 낙후된 공간으로 보였겠지만 나에게는 더없이 사치스러운 장소로 여겨졌다. 생전 처음으로 마땅한 이유도 없이, 내 존재의 확인 전략 없이 이 땅의 한 자리를 차지할 수 있었다.

처음에는 일기 같은 글을 써서 하와이에 있는 친구에게 보냈다. 친구는 와이오밍의 술집 뒤에 늘어선 트레일러에서 자랐는데 어쩌다 보니 완전히 인생이 뒤바뀌어 열대 기후에서 교수 생활을 하고 있었다. 나는 정확히 그 반대 방향으로 점프했다고 할 수 있었다. 우리는 그렇게 서로 반대 방향으로 가다 잠시 길이 겹쳐 만나게 된 사이가 아니었나 싶다.

내 인생에서의 갑작스러운 변화를 겪고부터 엉뚱한 꿈을 예사로 꾸곤 했다. 커다란 여행 가방을 들고 맨발로 걷고 있는데 갑자기 내 앞에 바리게이드가 쳐진다. 하룻밤 만에 국경선도 바뀐다. 어쩔 수 없이 아주 멀리 돌아갈 수밖에 없게 된다. 그러다 보니 이 돌아가는 길이 실제의 길이 되었다. 내 글의 여백이 되고 서사가 되었다.

어떤 작업을 하건 내가 추구하고 싶은 진정한 예술은 빈 페이지를 지구와 같은 특성으로 채우는 것이다. 날씨는 땅을 거칠게 가격할 것이다. 빛은 가장 어려운 진실을 포착할 것이다. 바람은 군더더기들을 쓸어버릴 것이다. 마침내 이 세상에 영원불멸은 없다는 사실이 나에게 심오한 교훈을 준다. 상실은 기이한 종류의 풍요가 된다는 것을, 절망은 삶에 대한 채울 수 없는 허기를 사라지게 한다는 것을.

앞으로 이어질 글은 연대가 겹치기도 할 것이다. 잡석들이지만 바라건대 단단한 노반을 형성했으면 좋겠다. 하지만 둘러가는 길이 그런 것처럼, 이 세상에 영원한 것은 없다는 교훈처럼, 똑바르고 안전한 길일 줄 알았던 곳에도 언제나 돌과 진창과 굽잇길이 있음을 기억하면 좋겠다.

1장

열린 공간의 위로

5월이었고 혼곤한 낮잠에 빠졌다가 이제 막 깨어난 참이었다. 우리 개한테 배운 대로 세이지브러시 옆에 바짝 붙어 웅크리고 잤는데 그래야 바람을 피할 수 있어서다. 내 앞에는 방대한 하늘이 펼쳐져 있고 먹구름 속에서 난데없이 우박이 날아와 내 머리를 한 대 때리고 간다. 나는 2천 마리의 양떼를 몰고 길게 펼쳐진 와이오밍 평원을 가로지르는 중이다. 총 80킬로미터를 가는 데 닷새나 걸린다. 양들이 뜨거운 태양이 내리쬐는 한낮에는 웬만해선 꼼짝하지 않다가 날이 선선해져야만 움직이기 때문이다. 한 떼로 뭉쳐 있던 양들이 바람이 불자 흥분하여 달리기 시작했고, 건조한 들판 위를 잠시 헤매더니 마치 물줄기처럼 자연 유로[1]로 다 같이 흘러 들어가 목을 축이고 나서 다시 맨땅으로 올라온다. 돌무더기로 가득하고 고르지 못한 이 맨땅 평지가 와이오밍이라는 주를 구성하는 주재료라 할 수 있다.

와이오밍의 어원은 "대평원[2]"이라는 뜻의 인디언 단어다. 말로는 평원이라고 하지만 실제로 산으로 둘러싸인 계곡, 거대하고 건조

---

1 평탄한 초원 지대에 자연적으로 생긴 물길.
2 great plains. 북아메리카 대륙 중앙에 남북으로 길게 뻗어 있는 고원 모양의 평야지.

한 계곡으로 410제곱킬로미터 넓이의 평원이지만 동서남북 모든 지평선에서는 굽이치는 산맥이 보인다. 이 산맥 때문에 광활한 대지임에도 보호막에 둘러싸인 느낌도 난다.

겨울은 무려 6개월 동안 이어진다. 거센 바람이 눈발을 동쪽으로 쫓아 보내려 하면, 이제 북서쪽에서 불어오는 폭풍이 그 눈발을 되돌려준다. 사방에서 불어오는 사나운 바람에 거침없이 휩쓸리는 눈발을 보고 있노라면 가끔은 현기증이, 때로는 욕지기가 올라온다. 영하 20도, 30도, 40도까지 내려가면 차의 시동이 걸리지 않는 건 물론 몸과 머리의 시동도 걸리지 않는다. 겨울의 정경은 한마디로 던전, 즉 지하 감옥이라 할 수 있다. 한겨울에 새끼 송아지를 받으러 가려고 말을 타면 청바지가 얼어 안장에 붙어버린다. 강추위에 인적은 드물고 침묵만이 감도는 땅 위에 서 있으면 마치 지구 최초의 인간처럼 느껴진다. 아니, 최후의 인간일지도 모르겠다.

그래도 오늘은 해가 나와 있고 구름도 몇 점 피어오른다. 나를 빼놓고 이동하는 양이 향하는 동쪽에는 서서히 높아지다 침식된 붉은 사암의 메사[3]들로 이어지고 그 메사 위는 백만 년에 걸친 물살에 의해 평평해져 있다. 그 뒤에는 울룩불룩한 근육처럼 대담한 능선을 자랑하는 산맥이 3천 미터 위로 솟아 올라와 있다. 빅혼 산맥Big Horn Mountains이다. 조수의 패턴이 땅 위에 새겨져 있는데 마치 한때 이 주를 덮었던 바다가 남겨 놓은 흔적 같다. 협곡은 은하수처럼 구불구불하게 휘어져 내려오다 물결처럼 다가오는 평지와 만난다.

이렇게 광활한 대지에서 살고 일한다는 것, 160킬로미터까지 막힌 데 없이 탁 트인 공간에 산다는 것은 곧 배경과 전경의 구분이

---

3 mesa. 테이블이란 뜻의 스페인어로 평탄한 정면을 가진 고지나 언덕 지대.

사라진다는 의미이기도 하다. 목장에서 일하던 나이 많은 지인에게 와이오밍처럼 광활한 땅에서 사는 건 어떤 느낌인지 말해달라고 하자 그는 이렇게 대답했다. "아무것도 없다고 보면 되지 뭘. 바람과 방울뱀은 있으려나. 여기 살다 보면 내가 어디로 가는지, 어디에 있는지도 몰라. 알아도 큰 차이도 없다니까." 목양업자인 존은 키가 크고 미남이며 적극적이고 활동적인 기질에 인간과 양에 관해서 놀라운 직관을 자랑하는 사나이다. 다리가 워낙에 길어서 사람들은 그를 "껑다리"라 부른다. 큰 보폭의 우아한 걸음걸이는 그가 매일 이동해야 하는 너른 공간에 적합해 보인다. "넓은 땅덩어리? 그게 뭐 그렇게 중요한가? 여기 살러 오는 사람들이 중요하지." 그가 나고 자란 농장은 얼마나 넓은지 카운티 하나를 대부분 차지하는 데다 다른 주에 걸쳐 있기도 하다. 3년 동안 픽업트럭으로 10만 마일이나 달리고도 집을 떠나본 적이 없는 주민들도 적지 않다. 내 친구 이모는 파우더 리버Powder River에서 목장을 운영하는데 11년 동안 집 밖에서 잔 적이 없다. 남편이 먼저 세상을 떠나자 바로 도시로 이사했고 자동차로 전국 일주를 하면서 그동안 놓쳤던 세상 구경을 실컷 했다고 한다.

다른 주의 사람들은 와이오밍을 두고 차 타고 지나가는 주라고 말한다. 굳이 차를 세워 들러보는 수고를 할 정도의 관광지나 명승지는 없다는 뜻이다. 잭슨홀Jackson Hole에는 외지인들이 찾는 유명한 스키장이 있지만 와이오밍 주 토박이들은 마지못해 잭슨홀의 아름다움을 인정한다. 잭슨홀의 짙은 녹음과 세련된 풍요함이 와이오밍의 나머지 지역과는 사뭇 다르기 때문이다. 와이오밍 사람들은 '기울인lean to' 모습을 하고 있다. 와이오밍에는 미국에서 흔히 볼 수 있는 넓은 창고와 빅토리아식 주택 대신에 덕아웃[1], 낮은 창고, 통나무집, 양떼 캠프가 있고 울타리라고 해봐야 굴러다니는 목재를 되는 대로 쌓아둔 형태다. 지역민들은 자신들이 여전히 야생이 살아 있는 척박한 땅에 산다는 현실, 한때를 풍미했던 카우보이의 역사, 광산업이 지배하는 미래의 희생자가 되지 않겠다는 결의에 스스로 자부심이 있다.

부동산 개발자는 와이오밍 풍경의 가장 큰 특징을 다음과 같이 완곡하게 표현한다. "우리 집 현관 앞까지 찾아오는 토착적 자연." 사실 이는 물이 부족한 용지를 의미한다. 솔트 세이지, 뱀, 잭 래빗[2], 사슴파리, 붉은 먼지가 있는 곳. 잠깐 야생화조차 보이지 않는 시기, 말라버린 강바닥, 나무 없는 황무지가 있다는 말이다. 대평원의 풍경은 마치 장중한 음악 같다. 풀들이 부르는 미사곡이다. 하지만 와이오밍은 그보다는 광기 어린 건축가의 작품 같다고 할까. 어수선하고 일그러져 있고 희미하고 칙칙한 띠로 둘러져 있다. 불룩 솟아올랐다가 푹 꺼진다. 마치 이 장소가 깊은 잠에서 깨어나자마자 빛으로 던져져 깜짝 놀란 것처럼 보인다.

나는 이곳에 4년 전에 왔다. 살아볼 계획은 전혀 없었는데도 도무지 떠날 수가 없었다. 떠날 기미가 안 보이자 목양업자인 존이 바로 일을 맡겼다. 봄이었고 양털 깎기 시즌이었다. 14일 동안 매일 14시간씩 수천 마리의 양을 울타리에 분류해 몰아넣고 양털을 깎고 낙인을 찍고 이를 잡았다. 새롭고 인구 밀도가 낮은 지방에 가서 '나를 잃어버리기'라는 원래의 동기를 재고해야 했다. 내가 원한다고

1 dugout. 땅을 파낸 다음에 기둥과 벽과 지붕을 세우는 건축물.
2 jack rabbit. 귀가 긴 북미산 토끼.

생각한 건 감각 없이 무디고 멍하게, 망연자실하게 있어 보는 것이었다. 하지만 양목장은 나를 완전히 깨어나게 했다. 활력이 넘치는 사람들과 함께 일하자 나를 환각에 빠뜨리곤 하던 잡념들이 떠나버렸다. 옛날 옷들을 몽땅 버리고 새 옷을 샀다. 머리를 짧게 잘랐다. 무미건조해 보이는 이 시골 생활은 무엇이든 쓸 수 있는 하얀 백지와 같았다. 절대적인 무심함이 나를 차분히 안정시켜 주었다.

세이지브러시는 와이오밍의 25만 제곱킬로미터를 뒤덮고 있다. 가장 큰 도시의 인구가 5만 명이고 주 전체에서 시라고 부를 수 있는 소재지는 다섯 군데뿐이며, 나머지는 모두 점점이 흩어져 있는 작은 마을이다. 때로는 가장 가까운 다른 마을이 100킬로미터 넘게 떨어져 있기도 하고 마을 인구는 많아야 2천 명, 5천 명, 1만 명 정도다. 마을은 도망자들의 피난처 같은 분위기도 풍긴다. 마을은 바람에 구부러진 황량한 벤치 옆으로 나 있거나 강이나 철도를 따라 있기도 하고, 농기구 상점과 한 블록을 다 차지하는 모르몬 교회가 있는 계곡 농장에 일자로 뻗어 있기도 하다. 주의 동부는 대평원으로 이어져 있으며 새로운 광산업 정착지가 된 신흥도시, 트레일러 도시들이 평평한 땅 위에 금속 매듭처럼 놓여 있다.

황량한 풍경에도 불구하고 와이오밍 주에는 특유의 정다움과 아늑함이 있다. 인구가 워낙 적기 때문에(47만 명) 소를 팔고 사는 목장주들끼리는 서로 모르는 사람들이 없다. 대학 진학을 선택한 아이들은 보통 래러미Laramie에 있는 유일한 주립대학교로 간다. 농장 노동자들은 평생 와이오밍 내에서 고용되고 해고되면서 살아간다. 물리적 거리가 멀다 해도 사람들은 연락을 자주 하면서 지내고 두세 시간을 운전해 이웃 농장을 운영하는 가족의 저녁 초대에 간다.

75년 전, 사륜 짐마차나 말을 타고 여행해야 했던 시절에는 일시적으로 일이 없는 카우보이는 이 농장 저 농장을 거치곤 했다. 이들은 울타리를 수선하거나 소젖을 짜주면서 숙식을 제공받는다. 이들에 의해 서서히 다른 마을 소식이 전달되고 소문은 퍼지면서 서너 주를 말 타고 가야 할 정도로 멀리 사는 목장주들도 왠지 서로 아는 사이처럼 느껴지게 된다. 한 노부부는 20세기 초반에 자신들의 자영 농지가 무법자들이 훔친 말을 숨겨두었다 판매하는 중계 지점으로 사용되었다고 한다. 그 시절에는 범죄자건 누구건 여행하다가 밤에 목장 주택의 불이 켜져 있는 걸 보면 집에 들어와도 된다는 환영 표시로 여겼다고 한다. 지금도 외진 지역에 사는 사람에게는 목장까지 나오거나 필요한 물품을 사러 시내에 나오는 것만 해도 큰 행사다. 고립 생활을 벗어나면 잠깐 갈피가 안 잡힌다. 모든 것이 이상할 정도로 밝고 새롭고 선명해 보인다. 나만 해도 고작 사흘 동안 양몰이를 하느라 산에 있었을 뿐인데도 캠프 관리인의 픽업트럭 소리만 들리면 설레서 마음이 두근거렸다. 인간과의 교류가 너무 그리웠던 나머지 얼굴에 헤벌쭉 바보 같은 미소가 그려진다. 그러면서도 도망가서 어디론가 숨어버리고 싶은 욕망과 싸워야 한다.

와이오밍에서는 많은 일들이 갑자기 일어난다. 특히 계절의 변화와 날씨가 그렇고, 사람들에게는 고립과 비非고립의 격한 변동이 일어난다. 하지만 이 혹독한 환경에서 선한 성품이라는 것이 길러진다. 친절함은 전통이다. 모르는 사람들도 길에서 만나면 무조건 손을 흔들며 인사한다. 세이지가 피어 있는 먼지 풀풀 나는 갓길에 두 개의 픽업트럭이 나란히 서 있는 풍경은 흔하게 볼 수 있다. 운전자들은 창문을 열어서 담배를 나눠 피우고 보온병 뚜껑을 열어 녹슨 컵에 김이 폴폴 나는 커피를 따라준다. 이러한 만남에서 여러 세대에게 일어난 소소한 일들이 환기되곤 한다. 와이오밍에서는 개인의 사적인 역사가 공공의 지식이 되기 때문이다.

농장 일은 고된 육체노동이다. 근래에는 경제적인 압박감 때문에 '농장을 지키는 것'이 웬만한 정신력, 자기 회복력, 상식 없이는 견디기 힘든 일이 되었다. 한 사람의 일생은 갈채를 받거나 추방을 당하는 등의 극적인 사건의 연속이 아니며 그저 며칠, 몇 번의 계절, 몇 년이라는 시간의 느린 축적일 뿐이다. 그들의 생은 각자 가정의 수세대의 역사에 의해 새로운 살이 붙여지고 토지와 고향에 대한 애착이라는 닻에 의해 고정된다.

와이오밍의 대부분 지역에서 사람보다 동물이 많다는 건 쉽게 확인할 수 있다. 인구 50명 정도나 될까 말까 한 내가 사는 곳에서 말을 타고 좁은 비탈길로 들어섰다가 200마리 정도의 엘크를 보고 깜짝 놀란 적이 있다. 독수리들이 로드킬을 당한 사슴을 먹고 있는 모습을 보면 꼭 작은 사람들이 모여 있는 것 같다. 소규모로 우아하게 이동하는 영양은 시속 100킬로미터로 여행을 하는데 마치 공기를 마시는 것처럼 입을 크게 벌리고 있다.

고독 속에서 사는 서부인들은 대체로 조용하고 말이 없다. 이 사람들은 고개를 살짝 기울이거나 드는 방식으로 자신의 생각과 감정을 소리 없이 전달한다. 스탯슨 모자를 눈 밑까지 깊게 눌러 쓰거나 부츠 한 쪽을 다른 부츠 위에 올려둔 다음 울타리에 몸을 기대고 아랫입술에 맥주 한 병을 댄 채 돌아가는 상황을 전부 지켜보고 있다. 조용한 미소를 띠고 한 걸음 떨어져 관찰하고 있는 표정은 가끔 냉소적으로 보이긴 해도 담백한 겸손함에서 나오는 경우가 많다. 이들의 머릿속은 이곳의 맑은 공기만큼이나 명쾌하다.

대화는 흡사 암호처럼 들리는 단어로 이어진다. 짧은 단어나 문장이 매우 복잡한 의미를 함축하기도 한다. 길을 물으면 신기한 표현을 많이 수집할 수 있다. 양떼를 몰면서 사람들에게 이런 말을 종종 듣곤 했다. "거꾸로 바위 쪽으로 올라가요. 분홍색 계곡 따라가. 그런 다음 하치장에서 왼쪽으로 꺾고요. 그러면 물웅덩이 나와요." 한 친구는 가축을 몰고 있는 아내에게 이렇게 말했다. "솔트 릭[1]과 죽은 소에서 꺾어져." 알고 보니 동물 뼈들이 흩어져 있는 곳이고 솔트 릭은 없었다.

문장 구조는 생각의 뼈와 가죽이라는 최소한의 단위로 줄어든다. 형용사는 떨어져 나가고 때로는 동사까지 생략된다. 말이 가득한 울타리 안쪽을 보고 있는 카우보이는 말 돌보는 카우보이에게 이렇게 말한다. "어떤 말 타면?" 사람들은 잠시 말을 잃어버린 것만 같은 침묵 안에 생각을 숨기고 있다가 갑자기 상처가 되는 날카로운 말을 툭 내뱉기도 한다. 언어는 간결하게 압축되다 못해 은유적이 된다. 한 목장주는 다음 한 마디로 관계를 끝내버렸다. "넌 부도수표야." 이제 반복되는 이별과 재회는 참을 수 없고 다시 만나도 잘 될 리 없다는 뜻이다.

이 과묵한 스타일이 수줍음과 관계가 없지는 않다. 하지만 서부인들의 성정에 딱 들어맞는 단어는 없다. 쭈뼛거리는 수줍음도 아니고 내숭 떠는 행동도 아니다. 이들의 절제 뒤에는 언제나 강인한 정

1 salt lick. 동물이 소금을 핥으러 가는 곳.

신이 보인다. 땅이 파일 정도로 거센 와이오밍 바람이 사람들의 목소리를 앗아갔지만 목소리 외의 다른 모든 것은 미풍에 살짝, 그러나 자신 있게 얹어 놓은 것만 같다.

새벽에 사람들과 픽업트럭을 타고 양떼 캠프에 갈 때면 몇 시간 동안 어느 누구도 아무 말 하지 않을 때가 많다. 식당에서 나오는 말은 식사 끝나고 중얼거리는 이 한 마디다. "고맙습니다. 아주머니." 침묵은 깊고 넓다. 우리는 말 대신 한쪽 눈을 공유하는 듯하다. 세심하게 관찰하면 이 세계는 엄청난 변신을 하고 있다. 풍경은 온갖 작은 변화에 의해 팽창되고, 풍경 안에서의 모든 움직임이 소름끼칠 정도로 뚜렷이 보인다. 사람들 사이를 떠도는 공기 안은 감정으로 가득 차 있어 그들만의 낮은 음악 안에서 펼쳐지고 잠긴다. 밤은 환각적으로 변하여 누군가는 예지적인 꿈을 꾼다.

봄 날씨는 변덕스럽고 심술궂기 그지없다. 눈이 온 바로 다음날 더위가 공격하기도 한다. 그 사이 언제나 토네이도라는 손님이 찾아온다. 토네이도는 세이지에 코끼리 코같이 생긴 소용돌이를 펼쳐놓고 있다가 집들을 찾아내고야 말고 모든 것을 코로 들이마셔 버린 후에야 떠난다. 눈덩어리가 사악하게 쉭쉭 소리를 내면서 더러운 구정물로 변하다 어느새 잔잔한 물웅덩이로 얌전하게 흘러들어 간다. 이제 여기서 오리들이 부화하고 여름철 목초지로 이동하는 가축들이 물을 마신다. 얼음 이불이 사라지면 강은 마구 휘저은 갈색 밀크셰이크가 되어 지하배수로와 작은 다리들을 삼켜버린다. 이처럼 건조한 지역에서 물은 피처럼 귀하다(내가 사는 곳의 연평균 강수량은 10센티미터가 채 되지 않는다). 물은 말라붙었던 대지에 초록의 동맥을 뻗게 한다. 개울을 따라 미루나무의 잎이 자라고 자주개자리가 피고 도랑에서는 야생 아스파라거스가 싹을 틔운다.

나는 빅혼 산맥 기슭에 있는, 친구 부부가 소유한 작은 소 목축 장으로 이사했다. 몇 주 전 송아지의 분만을 도와주게 되었는데 송아지가 어미 몸에서 반만 빠져 나온 채 힘겨워하고 있었다. 송아지는 겨우 빠져 나왔고 심장소리도 들렸지만 퉁퉁 부은 혀 때문에 호흡 곤란에 빠져 있었다. 메리와 나는 송아지 뒷다리를 잡고 남편 스탠은 피가 흥건한 바닥에 손과 무릎을 짚은 채 송아지에게 인공호흡을 했다. 그 순간 어렸을 때의 희미한 기억이 스쳐 지나갔다. 폐렴으로 기침을 하던 나에게 어머니가 인공호흡을 해주었던 일. 어쩌면 이 두 장면이 중첩되는 순간, 내가 이 바람의 주와 사랑에 빠지게 된 것이 아닐까?

와이오밍에 고질적인 것을 딱 하나 꼽으라면 바람이다. 이 커다란 방 같은 공간은 매일 바람에 휩쓸리면서 다양한 단계로 부식해가는 화석, 마노, 짐승의 뼈가 드러난 마당이 된다. 처음에 이 주를 형성한 것은 물이었지만 꼼꼼한 정원사인 바람이 모래를 일으키고 세이지를 전지한다.

말을 타고 내키는 대로 내달려 미지의 땅을 횡단할 수 있는 세상을 상상해 본다. 야생은 남아 있지 않다. 아니, 야생이 있지만 미대륙의 진정한 야생은 루이스와 클라크의 육로 여행[1] 이후로 이 땅에서 사라졌다고 볼 수 있다.

200년 전 크로우 족, 쇼쇼니 족, 아라파호 족, 샤이엔 족, 수 족

---

1 토머스 제퍼슨 대통령의 명령으로 메리 웨더 루이스와 윌리엄 클라크가 진행했던 탐험.

은 굶주림과 계절, 전쟁에 따라 이동 경로와 시간을 조율하며 서부 산간 지역을 헤맸다. 이 부족들은 말을 얻은 후에는 와이오밍의 모든 큰 산맥의 척추를 가로질렀다. 압사로카, 윈드리버, 티턴, 빅혼 등에 올랐다가 겨울이면 산에서 내려오다 만날 수 있는 드넓은 평원에서 지냈다. 공간 자체가 삶이었다. 세상은 그들의 집이었다.

아메리카 원주민에게 생명의 원천이었던 자연은, 어느 날 갑자기 가족과 민족의 과거를 안고 사람이 살 수 없는 땅으로 이주한 이주민에게는 지독한 악몽과도 같았다. 넓기만 한 땅, 물과 나무의 부족, 외로움은 예상치 못한 고난을 선사했다. 윌라 캐더는 대표작 『오, 개척자들이여 O Pioneers!』에서 이 황량한 풍경을 정착민의 시선으로 묘사하기도 했다.

원주민 마을들은 대초원이 불룩 솟아오르면서 흔적도 없이 사라져 버렸다. 이후 엄동설한의 이 땅은 새로운 사람들을 넓은 품으로 초대하기 시작했다. 적지 않은 이들이 홈스테드법으로 정부에서 농지를 증여받았지만 몇 개 안되는 농가들은 서로 너무나 멀리 떨어져 있었고 풍차가 하늘을 향해 우뚝 솟아 있으며 뗏장으로 만든 흙집이 잔디밭에 웅크리고 있는 풍경이 전부였다.

어떤 이들에게 텅 빈 서부는 가능성이라는 이름의 지도를 의미할 수 있다. 새 기회를 잡기 위해 온 사람들은 땅을 조금이라도 더 차지하고 울타리 없는 왕국을 지키기 위해 고군분투했다. 분명 이기적인 동기를 갖고 있었지만 어느새 그들은 지리학자가 되어 있었다. 그들은 이 지형을 이해했다. 하지만 1850년대에 이르자 오리건과 모르몬 트레일에는 이 지역으로 이동하는 차들로 가득했다. 땅주인의 다수는 귀족 배경을 가졌으나 다시는 돌아갈 수 없는 이들이었다. 이들은 돈을 받고 서부로 오면서 이들을 성가셔하는 가족들과 멀어졌기에 "송금받는 자들[1]"이라 불리기도 했다. 이들이 백만 마리가 넘는 과한 숫자의 가축을 목장에 들였다. 그러자 1885년에는 사료와 음수가 부족했고, 1886년 겨울에는 죽은 동물의 사체가 바닥을 모두 덮을 만큼 많아져 해빙기가 오자 케이시의 한 목장주는 30킬로미터 떨어진 크레이지 우먼 크릭Crazy Woman Creek까지 소가죽만 밟고 걸어갈 수 있었다는 소문도 돌았다.

초기 와이오밍은 풋풋한 소년들의 세계 같았다. 이 땅에는 물만 빼고 모든 것이 넉넉했고 처음에는 모두에게 충분한 공간과 음식이 있었다. 초반에는 대개 그렇듯 확장과 발전의 낙관적인 분위기가 팽배했다. 젊은 카우보이, 떠돌이, 상점 주인, 학교 교사들은 영웅적이면서, 무법적이며, 관대하면서 난폭하고, 무엇보다 끈질겼다. 그 시대에 형성된 개인주의와 낙관주의는 지금까지 살아남았다.

텍사스에 살던 존 티스데일은 가축들과 함께 희망을 갖고 북쪽 땅으로 향했다. 대학 교육을 받은 사람으로 파우더 강 근처에 작은 농장을 살 수 있는 여윳돈도 있었다. 그러나 버펄로에서 아이들의 크리스마스 장난감과 겨울 식량을 가득 싣고 집으로 돌아오던 중, 부유한 목장주에게 고용된 총잡이의 총에 맞아 즉사했다. 먼저 정착한 목장주들이 자기들의 영역을 침범한 이 소규모 농장주들을 참을 수 없었던 것이다. 목장주들은 와이오밍 목축업협회의 입회 자격을 컨트리클럽 회원권처럼 제한하여 공공 방목지를 통제하려 했다. 이

---

1 remittance man. 본국, 고향으로부터 송금을 받아 외국, 타지에서 사는 사람들. 게으름뱅이를 일컫기도 한다.

부유한 목장주는 가축을 외면하고 카우보이들을 배척하고 회원 자격이 없는 소규모 목장주들을 약탈자라고 비난했다. 티스데일 같은 사건이 처음도 아니고 두 번째로 일어나자 이로 인해 존슨 카운티 소 전쟁Johnson County cattle war이 벌어졌다. 단순히 착한 놈들과 나쁜 놈들 사이의 총싸움이 아니라 땅을 가진 귀족과 그보다 덜 부유한 정착민들 사이에 일어난 복잡한 계급투쟁이었다. 사람들의 환상과 달리 서부가 평등주의자들의 성역은 아니었다.

울타리는 결국 경계를 강화하는 정도였지만 철조망은 공간을 없애버렸다. 철조망은 아름다운 계곡을 가로질러 산으로, 사막 황무지를 넘어 버펄로 풀밭까지 뻗었다. '무엇이든 가능하다'는 열망, 새로운 장소에 대한 유혹은 쪼그라들었다. 지리적 실체로서의 토지가 가진 진정성과 어디든 말을 타고 갈 수 있는 자유는 사라졌다.

나는 존 티스데일의 증손자인 마틴이라는 청년과 함께 소를 친 적이 있다. 마틴이 조상에게 받은 유산은 할아버지가 가질 수도 있었던 광활한 땅이 아니라 구속에 대항하는 분노였다.

와이오밍은 북동쪽으로 향할수록 서서히 지대가 낮아지고 가장 높은 지대인 래러미 평야는 남쪽에 면한 콜로라도 주 경계에 있다. 내가 사는 곳 위쪽에는 빅혼 강이 험난하고 건조한 지형으로 흘러든다. 댐이 건설된 유역에는 캐나다 두루미가 모여들어 유연한 다리를 뻗어 공중에 뜬 채 고인 물 위를 가로지른다. 어느 날 아침 한 목장주와 함께 차를 타고 가는데 두루미를 보더니 난데없이 "촌스런 녀석들"이라고 하는 것이었다. 이유를 물었더니 대답이 돌아왔다. "한 번 짝이 되면 평생 해로한다잖아요." 그는 일부일처제를 신뢰하

긴 하지만 인간들이 왜 규칙을 어길 수밖에 없는지 충분히 이해한다는 듯이 눈을 반짝이며 나를 바라보았다.

이렇게 사방이 열린 공간에서는 가치관이 빠르게 정립된다. 사람들은 양심은 엄하게 지키려 하지만 기상천외한 행동은 너그럽게 눈감아 준다. 언젠가 한 목장 인부가 부패한 소의 사체 앞에 앉아 손가락을 흔들며 "또 그러면 아저씨가 때찌한다!"라고 말하는 다소 '비정상적인' 행동을 했다. 나는 무슨 문제가 있는 사람이냐고 물었다. 그러자 "얼빠진 인간이지 뭐. 우리도 다 마찬가지 아닌가"라는 대답이 돌아왔다. 역사적으로 보아도 서부는 신세계에 속하기에, 전통적인 도덕성이 근본적인 진실보다 덜 중요하게 여겨질 수도 있다. 사람들은 서로를 놀리고 헐뜯으며, 무뚝뚝하다 못해 때로는 잔인하기까지 하지만 정직함이 값싼 동정심보다 더 좋은 약이라 믿기도 한다. 동정은 위로는 될지언정 진실을 숨기기도 하니까.

때로는 제멋대로인 듯 보이지만 형식을 따르기도 하는데, 이른바 서부의 법칙Western Code이란 것이 있어 할 일과 하지 말아야 할 일을 구분해 충실하게 지킨다. 내 친구 클리프는 겨울에 덫사냥을 하기 위해 얼음에 구멍을 뚫다가 그만 발까지 뚫고 말았다. 그는 피가 철철 흐르는 발을 질질 끌고 픽업트럭에 몸을 실은 다음 읍내 병원으로 향하기 전에 자기 목장부터 들렀다. 목장 문을 열어 놓아서 닫고 가야 했던 것이다. 그는 자기만의 철칙을 지키려다가 소중한 시간과 다량의 피를 잃고 말았으나 이후에 이렇게 말했다. "일처리 안 해놓고 병원 왔다가 사람들이 와서 소들이 다 내뺐다고 해봐요. 얼마나 한심해 보이게요?"

응급 상황이 워낙 많이 일어나다 보니 내 친구들은 동물용 의료

가방을 이용해 서로 응급처치를 해주기도 한다. 한 노인이 사냥 캠프에서 심장마비를 일으키자 동료는 재빨리 붉은 말에게 쓰는 연고와 뜨거운 물을 섞어 반쯤 의식을 잃은 이에게 먹이고 난 다음 말에 묶어 마을까지 30킬로미터를 달려갔다고 한다. 결국 그는 의식을 되찾았고 목숨도 건졌다.

이 주의 넓은 대지는 정치 성향에도 영향을 미친다. 목장주들은 세계 정치와 경제 위기 뉴스를 보긴 하지만 기본적으로 고립주의자들이다. 토지와 가축으로 이루어진 작은 왕국을 운영하는 데 익숙해져 있기에 큰 정부를 의심한다. 이는 한 세기 전의 좌우명이었던 "나를 울타리에 가두지 말라"와도 일맥상통한다. 그들은 여전히 조부모 세대가 누렸던 자율을 신봉하기에 보수적인 성향이 강하지만 이들의 정치관에는 약간의 포퓰리즘이 섞여 있기도 하다.

여름은 일명 '카우보이 태닝'을 하는 계절이다. 얼굴 하관과 팔의 4분의 3만 새까맣게 탄다. 32도를 웃도는 무더위 때문에 우리는 모기가 활개를 치더라도 야외로 나가야 한다. 겨울에 집 안에 틀어박혀 있다 보면 창문 밖의 황야가 점점 팽창되는 듯하지만 여름에는 뻗어가는 녹지 때문에 공간이 축소되는 느낌이다. 여름은 모든 생물이 생동하는 계절이다. 모든 생물이 분주하게 움직이며 경쟁에 참여한다. 벌레 떼가 윙윙거리며 가축과 인간을 물고, 박쥐들은 만루 상황에서 누가 홈런을 한 방 친 것처럼 통나무집 주변을 연달아 돈다. 모든 생명체가 고속 성장하기에 다소 불길한 일이 일어날 수도 있다. 델피늄, 데스카마스death camas, 명아줏과 식물을 잘못 먹은 양이 죽을 수도 있다. 사막에서 푸르른 것을 먹다가 죽다니 아이러니한 일이다. 낮이 16시간이나 이어지기에 농부와 목장주는 관개 작업에 열중한다. 건초를 1차, 2차, 3차에 걸쳐 베어내야 하며, 일부 일꾼들은 몇 주 동안 하루 평균 4시간밖에 잠을 못 잔다. 여름이면 카우보이들은 야간 로데오를 돌고, 노을 속 쏙독새는 비행기가 지평선 아래로 추락하는 듯한 으스스한 소리를 내며 무모하게 지상으로 다이빙을 한다.

내가 사는 마을에서는 여름에 유독 싸움이 많이 일어나서 댄스홀 창문을 판자로 막아놓기까지 한다. 일 빼고는 할 일이 없고 나태함은 짜증으로 이어지다 숙명론에 빠져들게 된다. 이 모든 넘치는 에너지를 갖고서 할 수 있는 일이 없다는 듯이 행동한다. 이처럼 광활한 공간의 단점은 사람들을 소심하게 자기 안에 가두게 만든다는 것이다. 남자들은 은둔하고 여자들은 미쳐간다. 오두막에 발생한 열병은 자살로 결말나기도 하고 원한과 가족 불화로 이어지기도 한다. 우리 마을에 사는 한 자매는 부모님에게 목장을 물려받았지만 서로 잘 지낼 수 없다는 사실을 알고 목장을 반으로 갈라 관리했다. 한 자매의 소가 다른 쪽의 소와 섞이기라도 하면 언니와 동생은 삽을 들고 서로의 집에 찾아갔다. 결국 같은 병원, 같은 병실에 입원했지만 이후로도 평생 한마디도 섞지 않고 살았다고 한다.

녹음이 무성했던 짧은 여름이 지나면 해는 남쪽으로 이동한다. 평야의 풀은 갈색으로 변한다. 가축들이 산에서 내려온다. 밤이 되면 물웅덩이에 서리가 내리기 시작한다. 지난 가을 마틴이 무리 여행에 동행해 달라고 부탁해 나는 말 다섯 마리와 함께 와이오밍의 작은 마을 미티츠Meeteetse 뒤편 산으로 강을 따라 들어갔다. 빨간색과 주황색 단풍으로 물든 사시나무 숲이 빛을 발산하며 우리를 환하게 비춰주었다. 사냥 캠프가 너무 고지여서 구름이 이마 위로 미끄러지듯 지나갔다가 따뜻한 계곡을 가로질러 천천히 빠져나갔다. 우리는 우리 캠프에 들어와 검은 수소를 라이벌로 착각한 수컷 무스 한 마리를 제외하고는 아무것도 쏘지 않았다.

우리의 오락은 매일 밤 누워서 밤하늘 올려다보기였다. 양떼를 몰기 위해 사육된 딩고 개도 우리와 동행했는데 이 개는 고요함과 텅 빈 하늘에 너무 익숙했는지 비행기 한 대만 날아가도 고개를 들어 침입자를 호기심 어린 눈으로 바라보곤 했다. 근래의 하늘은 예전보다 훨씬 더 붐비는 것 같다. 인공위성은 어둠 속에서 규칙적으로 조용히 지나간다. 우리는 한 시간 동안 인공위성 18개를 관측하기도 했다. 생각해 보니 너무 이상했다. 위성이 지구를 일주하는 동안 마틴과 나는 황야에서 산으로 10킬로미터도 채 이동하지 않았으며 2주 동안 그곳에서 사람 코빼기도 본 적이 없었다.

밤이 되면 달빛 아래 대지가 작은 조각들로 나뉘어 보인다. 산등성이, 강, 산으로 길게 뻗은 초원이 보이고 거대한 하늘이 보였다 말았다 한다. 어느 날 아침에는 보름달이 서쪽으로 지고 있는데 동쪽에서는 태양이 떠올랐다. 마치 내가 초원을 성큼성큼 달리면서 해와 달 사이에서 위태롭게 균형을 잡는 기분이었다. 그 잠깐 동안 여전히 떠 있는 하늘의 별들이 구리로 된 선처럼 와이오밍 위에 있는 모든 것을 하나로 묶어주고 있다고 해도 믿을 수 있을 듯했다.

공간도 영성과 비슷하여 우리 안의 분열을 치유하고 짐을 내려놓게 할 수 있다. 나의 손주들은 우주선을 타고 신혼여행을 떠나거나 심장 수술을 받으러 갈 수도 있겠지만 집 가까이에서도 우리 안에 우주를 담는 방법을 배울 수 있다. 마치 노력하지 않고도 피부를 지니고 다니는 것처럼 우주를 우리 내면에 담고 다닐 수도 있다. 공간은 온전한 정신을 대표할 수도 있다. 온전한 정신이란 정제된 삶도, 무미건조한 삶도 아니고 '마약에 취한spaced out' 삶도 아닌, 어떤 생각이나 상황도 지적으로 수용할 수 있는 상태다.

와이오밍 북부의 점토성 흙에서 벤토나이트가 채굴되는데 이는 사탕, 껌, 립스틱을 채우는 용도로 사용된다. 우리 미국인들은 우리가 가진 것, 우리가 있는 것만으로는 충분하지 않다는 듯 채우기에만 급급하다. 우리는 문화적으로 부족한 상태를 부정하는 경향이 있지만 막상 풍요로워지면 더 많은 것을 사기 위해 자신을 옥죈다. 우리가 짓는 집만 봐도 그렇다. 우리는 공간에 **대항하는**against 방식으로 건축한다. 고통과 외로움에 맞서기 위해 술을 마시는 것과 무엇이 다른가. 우리는 마치 우리 공간이 파이 껍질이라도 되는 듯 여분의 공간을 겹겹이 채우려 든다. 그렇게 공간이 불투명해지면 이미 그곳에 있는 것을 보는 능력을 잃어버리지나 않을까.

2장

어느 부고

와이오밍 북부에서 가장 큰 양목장 중 하나가 이번 주에 도산했다. 8년 전만 해도 이 목장은 육우업, 농업, 낙농업 등 다양한 업종에 고용된 백여 명의 노동자로 구성된 탄탄한 커뮤니티였다. 목장의 자산 및 시설 경매는 래밍 시즌, 그러니까 양들이 한창 출산하는 시기에 양 출산 용도로 사용되던 두 개의 큼직한 창고 중 하나에서 열렸다. 이 창고에서 양이 태어나지 않은 건 87년 만에 처음이라고 했다. 경매사 클리프는 목장에서 래밍 창고를 운영했던 직원으로 이 말부터 꺼냈다. "여기가 어떤 곳인지 아시죠? 한때는 제가 여기서 하루에 암양 200마리의 새끼를 받은 적도 있는데……. 아니다, 시작이나 하죠." 가장 먼저 양들이 팔리고 양 우리가 팔렸다. 개집, 물통, 사료 통이 차례차례 팔렸다. 물론 이 모든 것을 수용하는 건물도 경매로 넘어갔다. 주인 부부는 초기 정착민이었던 모르몬교 농가의 후손이었다. 두 사람은 지치고 금방이라도 부서져 버릴 것 같은 표정으로 서 있었다. 평생 좋아하지도 않는 일을 하다가 백만 달러의 빚을 져버렸으니 허무할 만도 했다. "주인아주머니가 마음고생을 얼마나 했는지 주름이 자글자글해요. 교회 갈 때 모자를 깊이 써서 가리더라고요." 한때 이 목장에서 일하다 지금은 무직자가 되어버린 직원이 부인이 지나갈 때 말했다. 데릴사위로 들어와 농장을 같이 운영했던 남편이 그 말을 듣고 마치 얼굴에 뺨 한 대를 맞은 듯 눈이 가늘어졌다.

바깥에는 물건을 실어 나르러 온 트럭이 있었다. 구름은 하늘의 절반을 덮으면서 수직으로 뻗어 있었고, 비바람이 몰아치기 직전에는 늘 그렇듯이 햇빛이 보라색으로 변해 있었다. 한 쌍의 독수리가 오래된 습관대로 양철 지붕 위를 맴돌고 있었는데 아마 수년 동안 이 근처에서 사람만 한 동물 사체를 발견하고 푸짐한 식사를 즐겼을 것이다. 독수리들은 고개를 숙이고 땅을 쓱 훑어보더니 날개를 펄럭이며 날아가 버렸다.

대규모 목장은 한 사회의 축소판이라 할 수 있다. 마을에서 목장이 파산한다는 건 기업의 파산과도 같아서 수백 명의 주민이 실직하고 편의 시설이 하루아침에 사라진다. 사실 목장은 일터 이상이다. 대가족의 터전이기에 의식주에 필요한 모든 시설을 의미하기도한다. 집도 있고 학교도 있으며 묘지까지 있는데, 일하다가 사망하거나 생전 이 목장을 너무 좋아해 묻히고 싶어 하는 사람들도 있기 때문이다. 빈손으로 도착한 떠돌이 카우보이와 양치기에게는 작업에 필요한 기본 도구인 말, 작업견, 안장, 소총, 쌍안경이 제공되고농장 노동자에게는 에어컨이 장착된 트랙터가 주어진다. 이 확장된목장 가족에는 카우보이와 양치기뿐만 아니라 관개업자, 정비공, 캠프 관리자, 감독, 요리사도 포함된다. 주인과 신뢰가 두터운 일꾼들은 노후가 보장된 것이나 다름없다. 노쇠하거나 쇠약해지면 목장 뜰에 살면서 개를 돌보고 먹이거나 봄에 우리 청소를 담당하고 임금 개념으로 목장 식당에서 식사를 하거나 1년 치 엘크 고기나 양고기를 받기도 한다.

벤은 양을 몰다가 진드기열을 앓은 후부터 일을 할 수 없게 되었고 그때부터 고독한 산사람이 되었다. 마을에서 30킬로미터 떨어진 외딴 빈터로 이동해 혼자 살았는데, 수도나 전기 등 편의 시설이 없는 곳에 차도 없이 지내다 보니 마을 배관공이 매주 목장으로 식료품을 배달해 주고 돈은 목장에서 받았다. 가끔 우리가 벤이 사는 절벽 아래에서 양털을 깎고 있으면 그는 우리에 갇힌 사자처럼 마차 앞을 정신없이 왔다 갔다 했다. 하지만 내가 차를 몰고 가서 같이 점심을 먹자고 해보면 벤은 그 즉시 마차 안으로 뛰어들어 문을 닫고 말했다. "아니에요. 괜찮습니다. 안 될 것 같아요."

헨리 터커는 목장 안에서 살긴 했지만 벤과 마찬가지로 사람들과 거의 말을 섞지 않았다. 키가 크고 링컨과 비슷한 분위기를 풍기는 70대 남성으로, 작은 트레일러에서 움직이기 위해 구부정한 자세를 취하다 보니 밖에서도 등이 늘 굽어 있었다. 안 그래도 독특한 외모의 화룡점정은 매일 쓰고 있는 지저분하고 챙이 좁은 스텟슨 모자였다. 헨리는 여자를 싫어한다고 했는데 방랑 시절에 어딘가에서 매독에 걸렸고 그 때문에 '정신이 헤까닥'해 버렸다는 것이다. 죽은 소를 보고 "또 그러면 아저씨가 때찌한다"고 했던 남자가 바로 이 사람이다. 한번은 래밍 시즌에 헨리가 경운기를 운전한 적이 있는데 모두가 슬금슬금 피하더니 도망가는 것이었다. 이전에 헨리가 그 차를 몰고 양 우리 사이의 좁은 길로 들어가 양 우리 패널을 무너뜨리고 양들을 치고 축사의 동쪽 벽을 들이받았다. 그의 경운기에는 널빤지가 한가득 실렸고 그 사이 빠져나간 양들은 고속도로를 휘젓고 다녔다고 한다.

　래밍 시즌은 2월 말부터 시작되어 4월에 끝나는데, 이 시기에는 목장의 모든 직원들이 긴밀하게 협력해야만 한다. 원래는 목장 여기저기 흩어져 있던 마차들이 이때만큼은 양 축사 앞에 줄지어 나란히 서 있다. 공간 문제로 불화도 종종 생긴다. 언제나 마차를 옮겨달라는 사람들이 서너 명은 있게 마련이다. 앨버트는 작은 헛간 저편으로 옮겼고 에드는 취사장 앞으로 갔고 루디는 말 우리 옆으로 마차를 옮겼다. 1년 중 열 달을 혼자 살았던 이들이기에 이렇게 가까운 곳에 붙여 놓는다 해도 서로 서먹한 경우가 많다.

　겨울에도 농장에는 할 일이 태산이지만 일부 일꾼들은 '겨울은 읍내에서 보내기'를 선호했다. 이는 9개월 치 월급(약 2,700달러)을 술집에서 몇 주 만에 날려버리는 것을 의미하기도 한다. 그러다 빈털터리가 되면 목장에 손을 벌린다. 어쩌면 이는 온정주의의 그늘이라고도 할 수 있는데 운이 나쁘거나 부주의하게 돈을 날린 일꾼들은 하는 수 없이 계약직 하인으로 전락해 1년 내내 일하면서 작년 빚을 갚아야 한다.

　두 개의 큰 축사에서 하루 24시간 내내 15만 마리의 양들이 새끼를 낳는다. 전염병이 창궐한 병원 산부인과 병동이라 할 수 있다. 암모니아, 젖은 짚, 양털 냄새가 코를 찌른다. 각각 복도의 끝에, 여러 열로 된 우리들 사이 채광창을 통해 들어오는 빛이 죽은 어미나 새끼 양들을 비추었다. 죽은 새끼 양의 가죽을 벗겨 고아가 된 양에게 씌워놓기도 하는데 방금 새끼를 잃은 어미가 '재킷 입은' 양을 자기 새끼로 착각하길 바라는 마음에서다. 워낙 바쁘다 보니 주변 목장과 마을에 사는 사람들이 모두 일손을 돕는다. 어떤 사람은 하루 종일 물통에 물을 채우고 어떤 이들은 '양 줍기'를 한다. 새끼 양이 어미 몸에서 떨어져 나오면 얼른 양을 꺼내는 것이다. 어미 양과 새끼 양에 빨간색 페인트로 표시를 하기도 하는데 양은 사람과 달라서 자기 새끼를 눈으로 잘 구별하지 못하기 때문이다.

40대의 발랄한 카우걸 도로시는 '무법 창고'라고 불리는 곳을 운영하며 고아 양과 새끼 잃은 어미 양을 짝지어 주기도 한다. 도로시도 여덟 아이를 낳아 키운 엄마로 그런 일에 전문가라 할 수 있다. 그녀의 산전수전 인생은 흡사 구약성서의 서사를 방불케 한다. 비극과 복수, 광야에서의 방랑과 애태움으로 점철된 인생이랄까. 알래스카 대지진 때 남편은 아내와 여덟 아이를 버리고 떠났다. "애들 아빠가 차를 가져가서 우리는 눈에 보이는 가장 높은 산에 올라가 무릎을 꿇고 다 같이 기도했다우." 여덟 아이 중 하나는 교통사고로 사망하기도 했다. 두 번째 남편을 만나 잠깐 루이지애나에 살았는데 그 남편도 말없이 떠나버렸다. 그것도 집에 불을 질러버리고. 도로시는 고향인 와이오밍으로 돌아왔으나 부모님은 홈스테드 농장을 지키려 갖은 고생을 다 하다가 결국 잃고 말았다. 그다음부터는 여러 목장에 고용되어 말 타는 사람들 특유의 통쾌한 유머 감각을 유지하면서 죽을 둥 살 둥 일하고 있다. 물론 중간에 팔자타령과 눈물바람을 해가면서.

대규모 양목장을 소유하고 있는 경매사 클리프는 키가 작고 깡마른 사내로 당시 도로시의 남자친구이기도 했다. 그는 튼 입술 사이에 꽂은 담배 한 대를 입가 한 쪽에서 다른 쪽으로 굴리고 컨트리 음악을 흥얼거리면서 비실비실한 새끼 양에게 주사를 놓거나 젖을 먹인다. 컨트리음악 싱어송라이터를 꿈꾸는 그는 커피를 마시면서

빌보드 차트를 읽는다. 매일 아침 우리에 도착하면 내 눈을 똑바로 쳐다보며 말을 붙였다. "그레텔, 컨트리가 뭔지 알아요? 내가 바로 컨트리야. 나를 보면 컨트리를 알아." 이듬해에 그는 양 사업을 그만두고 돼지를 키우기 시작했다.

이럴 때면 마을 바보도 와서 일손을 돕는다. 달걀 모양 대머리에 멜빵바지를 입고 있다. 보름달처럼 둥근 얼굴에 순진한 미소를 띠고 한 손에 잎이 없는 버드나무 가지를 들고 다녔다. 마을에서는 식료품점이 문을 닫은 후에 바닥을 쓸고 닦는 일을 했고 농장에서는 양 우리를 청소했다. 그는 타락하지 않은 물기 어린 눈동자로 우리를 꿰뚫어 보는 것 같기도 했다. 한번은 아무도 보지 않는 줄 알고 암양의 복슬복슬한 등에 손을 쑥 집어넣더니 양의 기름인 라놀린을 묻혀 자기의 이마를 두 번 닦아내는 것이었다. 마치 자기 자신에게 세례를 내리는 것 같았다. 그가 목장을 지키던 어느 날 아침 돌연변이가 태어났었다. 머리가 두 개 달린 양이었다. 누군가 그 양을 폴라로이드 사진으로 찍었고, 그 후 감독관이 두 개의 목을 따버렸다.

서부 마을 사람들은 동네 바보는 측은하게 보고 아끼지만 목동은 무시하고 경멸하기도 한다. 목장이라는 사회의 위계질서에서 목동은 2등 시민이다. 역시 경제적 요인 때문이다. 카우보이의 수입은 한 달에 700~1천 달러인 반면 양치기는 300~500달러 정도 밖에 되지 않는다. 미국에서 높은 가치를 지니는 영웅주의와 운동 능력 때문이기도 하다. 카우보이는 씩씩하게 말을 타고, 힘차게 밧줄을 던지고, 송아지와 씨름하지만 목동은 세월아 네월아 하면서 천천히 양떼를 뒤따라가는 이미지다. 하지만 이들은 끈기와 인내심으로 부족한 체력을 보완한다고 할 수 있다. 목동들은 1년 내내 양떼와 함께 동고동락해야 하지만 카우보이는 밤이면 자신의 집으로 돌아갈 수 있다.

어쩌면 목동이 신비롭게 보이는 이유 중에 하나는 그들이 아웃사이더로 살기를 선택했다는 점일 것이다. 목동은 19세기 생활환경에서 1세기의 일을 하는 직종이라 할 수 있다. 둥근 지붕에 내부가 물건으로 가득한 전통 마차에 안장이 달린 말을 끌면서 가족 같은 개를 항상 옆에 둔다. 하지만 스스로 고독한 삶을 선택했다는 점이 실패의 징표로 여겨지기도 한다. 대부분의 경우 그들이 세상을 등진 이유는 영적인 변화를 겪어서라기보다는 그보다 덜 성스러운 문제, 이를테면 여자 문제, 알코올 문제, 낮은 자존감 같은 사회적 결함 때문이다. 동물과 함께하는 생활을 사랑해서 목동이 된 경우도 있다. 사회나 사람을 멀리하면서 자연의 흐름을 따르고 제정신을 유지하고 싶은 사람이 있을지도 모른다.

목동은 부적응자로 여겨지기에 실제로 부적응자처럼 행동하면서 자기 비하 유머를 구사하기도 한다. "누가 양치기가 되냐고? 멍청하고 게으르고 불평불만이 많으면 일단 합격이지." 텍사스 출신의 70대 외팔이 레드가 말했다. 그는 오래전 목장에서 일하기 위해 북쪽으로 가는 화물차량에 뛰어들다 기차 사이에 팔이 끼어 잘리고 말았다고 한다. "우리 오빠는 리버티(자유)라는 마을에서 태어났는데 그래서 그 이름처럼 살 운명이었다나 봐." 그의 여동생이 말했다. "오빠는 정규 교육도 못 받았어요. 어느 날 갑자기 학교 때려치우더니 떠돌이 생활을 하더라고." 레드는 서커스단에서 '백마를 광내고 윤내는' 일을 하기도 하고, 기차를 타고 무작정 떠돌다 몬태나에서 카우보이를 하기도 했다. 레드는 만취하면 공격적으로 돌변하기도 한다. 한번은 만취한 상태에서 깬 맥주병을 들어 목동의 코를 잘라버린 적도 있다. 하지만 양을 다룰 때만큼은 얼마나 온화하고 조용조용한지 느린 아다지오 템포로 양들을 모시고 다녀서 출하 시기가 되면 그가 돌본 양들이 다들 오동통하게 살이 쪄 있다. 레드는 아무리 오래 산에 있어도 카우보이 못지않게 멋을 부리는 것으로도 유명했다. 그는 빛바랜 청바지를 '아재 바지'라고 부르면서 옷을 잘못 챙겨 입는 동료들에게 나눠주기도 했다.

목동이 자기만의 시간 감각을 가지고 살아간다는 사실을 증명이라고 하듯 레드는 여름에 한 시간을 앞당기는 서머타임을 '멍청이 타임'이라고 부르면서 시곗바늘을 절대 돌리지 않았다. 또 자기 일은 자기가 알아서 한다면서 캠프 관리자에게 필요한 식료품 목록을 써서 주지도 않았다(사실 그는 문맹이었다).

그레이디는 건장한 체격에 다리를 절뚝거리는 남자로 야간에 우리에서 새끼들을 꺼내는 일을 했다. 그는 호쾌한 익살꾼으로 암양이 첫 새끼를 떨어뜨린 후에 멍 때리는 듯한 표정으로 주위를 둘러보는 걸 가리키면서 껄껄 웃어댔고 그럴 때면 미소가 얼굴 전체에 퍼졌다. 그는 양떼를 몰고 산악 고속도로를 건너던 중 매사추세츠주 출신 교사인 아내를 만났다. 그녀는 그의 사진을 찍고선 사진을 보내줄 주소를 물었다. 두 사람이 주고받는 편지가 점점 늘어났다. 그녀는 알래스카에서 교편을 잡고 있다가 이듬해 6월 고향에 돌아가는 길에 빅혼에 들렀고, 그 뒤 이곳을 떠나지 않았다. 그가 일하는 시기였으므로 두 사람은 양 마차에서 신혼생활을 시작했다.

그레이디는 술을 한번 마시면 끝까지 마신다. 연중행사처럼 1

년에 한 번은 고주망태가 되어 기상천외한 소동극을 벌인다. 메인 스트리트의 자동차를 쫓아다니며 타이어에 개처럼 짖어대고, 마차 안에서 문에 구멍을 뚫은 다음 나에게 새 전망 창이 멋지지 않느냐고 묻기도 한다. 가끔은 제발 자기를 가둬달라고 빌기도 한다. 그러면 우리는 지금은 버려진 채 골목에 뒹굴고 있는 19세기 말 감옥이었던 녹슨 철창에 그를 가두었다. 몇 시간에 한 번씩 그 안으로 위스키 1온스를 넣어주자 그제야 떨기를 멈췄다. 그런 다음엔 목욕과 면도, 따뜻한 식사를 원한다고 했다.

사실 음주 문제가 있는 목동이 적지 않고, 이 중에는 읍내에 내려올 때만 마시는 사람들도 있지만 산으로 들어가기 전에 위스키를 비축해 두는 이들도 있다. 캠프 관리인이 한 목동에게 보급품을 가져다주다가 트럭이 뒤집히는 사고가 일어났다. 난리 법석 속에서 관리인 존은 목동의 소지품에서 술을 몇 병 발견했다. "요리하려고 가져온 거예요." 목동은 변명했다. "젠장할. 이걸로 무슨 요리를 해요. 말해봐, 좀." 존은 반 갤런짜리 보드카 10병을 가리키며 말했다.

4월 중순이 되자 이 '오손도손 생활'에 모두가 지쳐가고 있었다. 긴 시간, 술, 추위가 지긋지긋해진 것이다. 양들이 모두 새끼를 낳자마자 목동들은 양을 천 마리 혹은 천오백 마리로 구성된 무리로 나눈 다음 사탕무 수확 트럭에 태워 봄철 목초지로 보냈다. 이 시기에는 양몰이가 쉽지 않다. 아직 풀이 덜 자란 데다 봄철 폭풍우가 산탄총처럼 양떼에게 쏟아질 수도 있다. 한 목동은 낮잠 자고 일어나니 양들이 감쪽같이 사라져 버렸다고 한다. 혼비백산해서 양들의 애매모호한 발자국을 따라 추적하고 또 추적한 끝에 10마일 떨어진 곳에서 산을 향해 한 줄로 나란히 걷고 있는 양떼를 발견했다.

한 차례 격렬한 폭풍이 몰아친 후 나는 그레이디를 찾아갔다. 그의 마차는 회색 곳처럼 생긴 황무지에 덩그러니 세워져 있었고, 그 옆에는 엄숙한 분위기의 바다 그림이 하나 떨어져 있었다. 폭음으로 인해 얼굴과 턱이 퉁퉁 부어 있었고 입이 귓가에 걸릴 정도로 웃는 데다 대머리까지 빛나니 짓궂은 산신령처럼 보이기도 했다. "올 줄 알았더라면 틀니 끼고 있을걸." 그가 웃으며 말하다가 다급하게 물었다. "아무 말이나 좀 해줘⋯⋯. 마을 소식 좀 알려줘⋯⋯. 한 달 동안 사람 그림자 하나 못 봤어." 하지만 그러면서 말은 자기가 더 많이 했다. 징그럽게 추웠다고 한다. 낮에도 영하로 내려갔다고. 개가 새끼를 낳았는데, 세 마리는 태어나자마자 얼어 죽었다고 한다. 어미 강아지가 남은 새끼들을 침낭으로 데려왔고 그가 얼어 죽지 않도록 그 안에 50파운드짜리 감자 자루 포대와 달걀 30개를 넣어주었다. "근데 추위가 아니라 외로워서 죽을 뻔했어. 춥기도 얼마나 지랄맞게 춥던지."

내가 찾아가 만난 또 다른 목동은 푸드덕거리며 날아가는 오리 한 쌍을 보면 사무치게 외로워진다고 했다.

5월이 되면 목초지가 푸르게 변한다. 납골당처럼 황량해 보였던 황무지에 야생화가 불쑥 피어오르고 세이지는 싸한 민트 향을 진하게 뿜어낸다. 남쪽으로 떠났던 새들이 돌아와 노처럼 생긴 잎이 보호해 주는 선인장에 둥지를 틀거나 야생 장미 밭에 묶어놓는다. 청둥오리들이 물웅덩이 위를 유유히 날아다닌다. 알이 부화하면 새끼 오리는 물 마시는 양과 영양의 코 사이를 헤엄쳐 다닌다.

양떼를 관리하는 인물 훤한 독신남 존은 6월 하순에 열세 개 무리의 양떼 이동을 계획했다. 양떼는 2주 동안 평화로운 무리를 지어 바둑판 모양으로 100제곱마일 안에서 이동했다. 존은 픽업트럭과 이어놓은 마차를 타고 미리 정해진 장소에서 목동들을 '열두 시 땡 점심시간'과 저녁에 만났다. 그는 어르신 목동들을 친할아버지처럼 보살피고 이들의 여리고 지친 마음을 침착하게 달래주기도 한다. 목동들이 양을 몰고 마차에 도착하면 존은 점심을 차려놓곤 했다. 예쁘게 삼각형으로 잘라놓은 스팸 샌드위치나 팬케이크, 베이컨, 달걀 등이었다.

6월 25일과 7월 4일 사이에 양떼는 다시 이동하는데 이번에는 산꼭대기까지 오른다. 나는 사람들이 '슬라이드'라고 부르는 곳까지 양떼를 옮길 수 있도록 프레디 머리를 도와주었다. 어질어질한 낙석들이 있는 곳으로, 전해에 그가 넘어져서 다리가 부러지기도 했다. 프레드는 바스크인으로 다섯 살 때부터 양치기를 시작했다. 내가 만났을 때는 77세였는데 등은 굽었지만 눈은 초롱초롱했고 두껍게 바른 백밤 크림 뒤의 얼굴로 볼 때 잘생긴 사람이었다. 프레드는 큰 배의 3등석을 타고 엘리스 섬으로 건너온 이민자 1400만 명 중에 하나였다. 그는 사람들이 홍수처럼 넘치던 벽돌 강당을 기억한다. "검은 피부, 흰 피부, 착한 사람, 나쁜 사람 가지각색이지만 다들 나처럼 째지게 가난한 인간들이었지." 그 혹독했던 12월 항해에서 그는 하모늄(작은 오르간)으로 바스크 민요를 연주하면서 선실 사람들을 달래주었다고 한다. 그런데 60년이 흐른 지금 그는 이제 오직 '양들을 위해서만' 연주한다고 한다.

프레드는 점점 호더가 되어갔다. 그의 마차 문을 함부로 열다가는 쓰레기가 와르르 쏟아져 나올 수도 있다. 고철 사슬, 녹슨 철사, 포대 자루, 찢어진 판지 상자들인데 하나도 쓸모없는 것들이다. 그러다 보니 생활공간은 몇 발자국 되지 않는다. 어쩔 수 없이 문 옆의 바닥에서 반쯤 앉아서 잠을 자고 매트리스는 오랜 세월 홀로 그의 잡동사니를 받쳐주는 바닥짐 역할만 했다.

프레드는 기이한 복장으로 목장에 나타난다. 누더기를 입는 것이다. 작업복과 레인코트와 스웨터와 이리저리 꿰맨 오래된 울셔츠를 겹쳐 입고 메인 주 어부 모자같이 생긴 모자를 쓴다. 그 밑에는 너무 갈아입지 않아 체모가 옷감 사이로 삐져나온 속옷을 입고 있다.

"1937년 4월 23일부터 이 목장에서 일했수. 처음 시작할 때나 지금이나 똑같다우. 어떤 사람들은 출세하죠. 하지만 난 아니야! 그런 거 없어. 평생 양떼만 몰고 살았는데 아무것도 몰라요. 당신은 아는 거 많겠지만 아는 게 다가 아니야."

프레드는 자신의 자제력에 자부심을 갖고 있다. 독학으로 영어를 배웠고 담배와 술을 멀리했으며 라디오 하나 가진 적 없다. 고독은 그의 삶을 지탱하는 기둥이고 그에 대해 불평할 필요를 느끼지 못했다. 양 외의 관심사는 국제 정치다. 매주 『US 뉴스 앤 월드 리포트』를 한 자도 빠짐없이 읽고 전 세계 어디에서 크고 작은 전쟁이 벌어지는지 알고 있으며 누가 들어만 준다면 세계 평화를 외칠 거라고 한다.

"내가 왜 주름이 없는 줄 알아요?" 그는 바스크어보다는 스코틀랜드 억양에 가까운 말씨로 말했다. "걱정이 없어서지. 물 많이 마시고…… 양고기 덜 먹고."

이듬해 여름 프레드가 탄 말이 넘어져 그는 다리에 큰 상처를 입었다. 그는 아무한테도 말하지 않고 구식 치료법으로 혼자 치료했다. 양이 방금 싼 똥을 부츠에 넣은 것이다. 그는 80세 생일 전날에 괴저로 사망했다.

목장의 여름 본부는 초원 끝에 세워진 천장이 높은 통나무 오두막이다. 그곳에서 존은 목장에 배급품을 보급하는데 매일 새벽 4시에 일어나 하루 일정을 시작한다. 불을 피우고 금가루가 섞인 개울물을 커피포트에 넣어 끓였다. 일주일에 한 번씩 암양 한 마리를 도축했다. 프레드는 뒤엉킨 풀밭을 뛰어다니는 천 마리 양 중에서 '마른 놈'을 골라 창처럼 곧게 뻗은 지팡이로 찔러 암양의 무릎을 꿇게한다. 마치 지휘자가 공기를 갈라 음악이 흘러나오게 하는 것처럼 양의 목을 소리 없이 능숙하게 벤다. 뒷다리를 가로대에 매달면 우리 발밑으로 피가 뚝뚝 떨어졌다. 주황색 저녁 햇살을 얼굴에 맞으면서 존은 양의 가죽을 벗기고 해체한다. 창자, 간, 심장을 꺼내고 앞다리와 뒷다리를 분리한다. 미풍이 불어와 마치 우리가 방금 무슨짓을 했는지 상기하라는 듯이 매캐한 냄새를 옷 속으로 살살 밀어넣는다.

여러 곳의 양 캠프에 가봤지만 날 괴롭힌 건 딱 한 명의 목동뿐이었다. 체격이 큰 뉴멕시코 출신 앨버트는 이목구비가 뚜렷하고 육감적인 남자로 빅혼 산맥의 북쪽 끝, 나무 없이 움푹 팬 땅에서 양떼를 몰았다. 빅혼 산맥에는 8월까지도 꼭대기에 눈이 쌓여 있다. 밤에는 뼈가 시리도록 춥고 아침이면 야생화에 서리가 내려 앉아 있다. 앨버트는 양을 돌보지 않을 때는 마차를 청소했다. 빗자루로 쓸고 걸레질을 한 다음 둥근 천장을 '아줄(하늘색)' 페인트로 칠했다. 매일 새로운 요리를 선보이기도 했다. 포솔레, 토르티야, 칠리 베르데를 요리했는데 토르티야를 말다가 갑자기 나에게 키스를 하는 것이었다 "자기 예쁘다. 오늘 밤 여기로 와. 내가 잘해줄게." 그러면서 나에게 돈을 준다는 둥 캐딜락이나 말을 준다는 둥 하는 것이었다. 록 스프링스 근처의 한 캠프에서 일할 때 주인이 창녀를 데리고 왔다는 말도 했다. "목동들 잠 못 자게 하는데 그 방법이 최고지." 언젠가는 망아지와 같이 있는 그를 보았는데 콧노래를 하면서 망아지에게 속삭이듯 말을 걸고 있었다. 사실 그의 음탕함은 워낙에 타고나길 사랑이 많은 성격을 발휘할 수 없는 환경에서 왜곡되었을 뿐일지도 모르고, 언젠가 가졌을지도 모를 아이들을 위해 아껴놓았던 다정한 손길이 엉뚱하게 낭비되고 있는 듯했다. 어떤 날은 내 손을 잡고 자기의 부풀어 오른 성기에 올려놓았다. 내가 몸을 빼자 그는 화를 내면서 빗자루로 나를 때리기 시작했다. 무서워서 말을 잡아타고 집으로 도망갔고 다음에 그가 본부에 왔을 때 그가 갈 때까지 침대 밑에 숨어 있었다.

밥 에어스는 앨버트의 할당지에서 반나절 정도 걸리는 곳에서 양떼를 몰았다. 그는 명랑하면서 성격은 황소고집인 아저씨로 콧날이 휘어지고 세파에 찌든 얼굴을 하고 있었다. "오늘도 반가운 손님 오셨네." 그는 내가 말을 타고 가면 이렇게 반겨주며 파이를 구워주곤 했다. 밥은 새 안장을 등에 맨 마대자루 안에 넣어 질질 끌면서 목장을 헤매고 있었다. 그는 교도소에 한 번 다녀왔고 솔트레이크에서 일용직 노동자로 일했으며 양을 몰기 전에는 카우보이였다. 그는 노동자 중의 노동자였다. 밥은 양을 소유하고 싶어 하진 않았고 목장 노동자들을 모아 노동조합을 만들고 싶어 했다. "젠장할, 조합만 있었으면 이놈의 세상 뒤집어졌지. 그런데 어떻게 이 남자들을 뭉치게 하냐고. 그러기에는 우리 모두 지독한 놈들이야. 굶어 죽었으면 죽었지 타협은 안 할 거야." 그는 스카치 모자를 다시 머리에 쓰고 창밖을 바라보며 말했다. "비록 월급 쥐꼬리만큼 받지만 골빈 놈이 이래라 저래라 하는 것보다는 양 치는 게 낫지."

마지막으로 밥을 보았을 때 그는 소 여섯 마리를 총으로 쏜 혐의로 감옥에 있었다. "건방진 카우보이 녀석들이 우리 땅에 소를 풀어놓은 거예요. 경고했지……. 그런데도 안 나가고 버티는 거야. 소가 아니라 카우보이 놈들을 쏠걸 그랬어."

그는 오랫동안 텐 슬립 마을 근처에서 양을 몰았다. 75년 전 스프링 크릭 습격 사건으로 양목장과 소목장주들 사이에서 30년 동안 분쟁이 있었던 곳이다. 1909년 4월의 어느 날 아침 목장주 두 명과 목동 조 레이저는 양떼 마차에서 커피를 마시고 있었다. 양몰이가 이제 막 시작된 참이었다. 그들이 일을 하려고 밖으로 나갔을 때 7명의 괴한이 무자비하게 셋 다 총으로 쏴죽이고 마차를 불태운 다음 양떼 전체를 도살했다.

다른 목양업자들이 근처에 발을 못 붙이게 하려는 경고성 폭력이었다. 와이오밍 주 전역에 양들이 넘어올 수 없는 '출입 금지' 팻말이 세워졌고 잭슨 외곽의 한 표지판에는 이렇게 써 있었다. "가라사대 단 한 마리의 양도 잭슨홀에 살거나 지나가지 못할지어다." 록 스프링스 근처에서는 복면을 쓴 남자 150명이 수천 마리의 양을 몽땅 도살하고 목동들도 사살하는 사건이 있었다.

목축업자들은 이 주에 양들이 들어온 것 자체에 분노했다. 흔히 알려진 것처럼 양이 목초지를 망가뜨리기 때문이 아니라 목축업자들이 이 땅에 먼저 왔고, 공공 방목지를 차지하고 싶어 했기 때문이다. 그들은 이미 목초지 전역에 소를 풀어놓았고 새로운 종의 동물은 환영하지 않았다. 밥 에어스의 머릿속에서 죽은 소 여섯 마리는 복수를 상징했다.

밥과 오후 내내 철창을 사이에 두고 대화를 나눈 적도 있다. 나는 내가 좋아하는 일본 은둔자 가모노 초메이鴨 長明 이야기를 해주었다. 그는 안락한 삶을 버리고 산으로 들어가 매년 새 오두막을 지었는데 새 오두막은 점점 더 작아져 마침내 경첩으로만 벽을 이을 수 있을 정도가 되었다. 그 일본 은둔자는 한 장소가 지겨워지면 집을 접어서 다른 구역으로 옮겼다고 한다.

교도관이 면회 시간이 끝났다고 하자 나는 밥에게 필요한 것이 있느냐고 물었다. "네⋯⋯. 판사에게 말해줘요. 나 같은 늙은이 감옥살이를 시키는 건 세금 낭비라고. 그 말이 씨도 안 먹히면⋯⋯ 초콜릿 케이크 하나 구워다 넣어주지. 그 안에 쇠톱 하나 넣어서." 그는 껄껄 웃었고 교도관이 그를 데리고 들어갔다.

여름 내내 빅혼 산맥은 폭풍우에 씻겨 내려갔다. 오후에는 폭우에 번개가 동반했는데 번개가 얼마나 가깝게 내리치던지 마차의 금속 상판에서 불꽃이 일 정도였다. 하늘은 우리 위에 멀리 있는 어떤 것이라기보다 우리 머리를 감싸고 있는 밝은 색 지붕 같았다. 그런 강력한 폭풍우가 몰아치던 날 "후트[1]"를 만났다. 번개가 우리 바로 앞에 있는 바위를 쳐서 두 동강이를 냈다. "난 번개 두 번이나 맞아봤어요." 그가 말했다. 후트에겐 몸을 떠는 증상이 있었다. 전쟁 중에 겪은 포탄 폭발 충격으로 지금까지도 극심한 공포에 시달렸다. 어느 봄날, 그는 양떼 마차를 버리고 밤새 걸었다. 캠프 관리인은 마을에서 10마일 떨어진 곳에서 몸을 사시나무처럼 떨면서 횡설수설

1 Hoot. '아주 재미있는 사람'이라는 뜻도 있음.

하는 그를 발견했다. 그해 겨울은 셰리던에 있는 재향군인 병원에서
보냈고 이듬해 봄에 창백한 얼굴로 돌아왔으며, 그 혼이 나간 듯한
표정은 그의 얼굴을 장악해 절대 떠나지 않을 예정인 듯했다. 그는
도저히 양몰이 일은 못 하겠다고 말했고 마차를 마을 근처 볕이 좋
은 창고 앞에 세워놓고서 오후 내내 성인잡지를 보거나 고향인 미
네소타에 편지를 쓰며 보냈다.

존은 후트를 대신해서 일할 부부를 고용했다. 우리는 그들을 버
튼 부부의 이름을 따 '리즈'와 '딕'이라는 별명으로 불렀다.[1] 이틀에
한 번 꼴로 격렬한 부부 싸움을 했고 아내는 자신이 엄청난 미인이
라 착각하고 있었기 때문이다. 존이 캠프에 보급품을 가져올 때 리
즈는 풀 메이크업을 한 다음에야 나왔다. 눈에는 보라색 아이섀도를
덕지덕지 바르고 립스틱은 광대처럼 시뻘겋게 칠했다. 첫 주에 부
부는 바닐라 시럽 한 상자를 주문했다. "빵 구우려고요?" 존이 물었
다. 물론 존은 이들이 술 마실 때 바닐라를 넣어 마신다는 걸 알고
있었다. 그 부부는 곧 다른 젊은이로 교체되었다. 집안일을 너무 못
해서 설거지를 하지 않고 한 번 쓴 접시와 컵을 마차 뒤에 버리고
또 주문하는 청년이었다.

8월 말이 되자 햇살에 바싹 마른 건초가 조금씩 누렇게 변해갔
다. 양은 출하되는 데 일주일이 걸렸다. 매일 새벽 5시에 세 대의 세
미 트레일러를 분류장 앞에 세우고 트럭 3층 칸마다 양을 실어 날랐
다. 그 후 일꾼들은 본부로 와서 식사를 했다. 우리는 하루에 달걀
60개, 대용량 베이컨 3통, 팬케이크 120장을 요리해 먹고 개울에서

---

1 리즈와 딕은 배우 엘리자베스 테일러와 리처드 버튼을 가리키는 말로 둘은 두 번 결혼하
고 두 번 이혼했다.

설거지를 했다.

스털링은 존의 캠프 관리를 돕던 남자였는데 그만두고 마을로 내려갔다. 그는 "가슴 불안증이 심하다"며 자신이 일을 제대로 못하고 있는 것 같다고 했다. 그리고 그 주말에 그는 마을 입구에서 스스로에게 총구를 겨누었다. 유서도 남겼다. "결국 무언가 해야 할 상황까지 온 것 같다. 잠을 잘 수도 가만히 앉아 있을 수도 없다. 망할 내 신경은 완전히 망가졌다." 그는 키가 크고 콩 줄기처럼 삐쩍 말랐으며 닭처럼 걷는 남자였다. 몇 발자국 걷다가 숨을 곳을 찾으려는 듯이 멈추고 바닥을 부츠로 긁곤 했다. 그의 수줍음은 구식 서부 스타일이었다. 본사에서 살 때는 언제나 내 말의 안장을 채워주려 했고 내가 말을 타는 동안 날씨가 험상궂게 변하기라도 하면 안장 가방에 여분의 비옷과 플라스크를 챙기고 나를 찾으러 오기도 하는 다정한 사람이었다.

안타깝게도 스털링의 죽음은 서서히 찾아왔는데 손을 워낙 떨다 보니 조준을 정확하게 하지 못한 탓으로 보인다. 총알은 등 뒤를 빠져 나가 한참 날아가 그의 픽업트럭 뒷바퀴에 펑크를 냈다. 결국 그 바퀴 때문에 그가 발견되었는데, 한 친구가 바퀴에 펑크가 났다고 말하기 위해 그의 집에 들렀던 것이다. "새벽 2시부터 아침 해 뜰 때까지 피를 흘리다 사망한 것 같습니다." 보안관은 상쾌한 가을 아침에 날림으로 만든 듯한 야생마 조각상 앞에서 동네 주민들에게 발표했다.

9월 중순에 암양들은 다시 리틀 마운틴으로 돌아왔다. 언덕은 엷은 황갈색으로 물들었다. 그 위로 성큼성큼 달리면 검은담비 코트 위에서 미끄럼을 타는 것만 같은데 오후가 되면 다리가 얼얼하다.

한 줄로 길게 줄 선 양떼가 촘촘히 자란 풀밭 언덕에서 내려오는 모습을 보았다. 그 뒤로 베수비오 화산 같은 황갈색 구름이 커튼처럼 드리워져 있었다. 그 사이로 그림자 두 개가 나타났다. 검은 개와 목동이었다. "너도 집에 가고 싶지? 우리 집에 가자." 목동은 같이 있던 암말의 귀에 속삭였다. 그들은 곧 희미한 작은 점이 되어 사라졌다.

목장 경매는 성공적으로 끝났다. 양 우리와 목장 마당은 하나씩 분리되어 수레에 실렸다. 사료 통, 슈트, 패널, 곡물 창고, 마차, 주인 없는 보더콜리와 목양견까지 수레에 실려 팔렸다. 이러한 목장의 해체는 서부의 종말에 대해 의문을 제시한다. 역사학자들은 목초지에 울타리도 없던 시절, 젊은이들이 가축과 합류해 텍사스에서 북쪽으로 이동하던 20년 동안을 '서부 시대'로 정의한다. 모습은 달라졌어도 여전히 어딘가 서부는 존재한다. 카우보이는 여전히 무리를 돌면서 거친 말을 몰고 암소를 분만시키고 가을 소몰이 기간에는 80킬로미터를 돌고 목동들은 1년 내내 양들과 바깥에서 지낸다. 그러나 서부의 삶과 그 가치를 소중히 여기는 목장주들 또한 목초지에 유정이 생기거나 초원에 석탄 공장이 생기길 기원하기도 한다. 경제가 이들을 모순된 입장으로 내몰았다. 수년간 목장 운영비로 10만 달러를 대출했지만 더 이상 이자를 감당하지 못하게 되었다. 해체는 이제 개척자의 개념과 동의어가 되었다. 우리가 그것에 손을 대는 순간 그것을 대표한다고 생각한 자유는 순식간에 사라진다.

목장이 해산된 지 일주일 후에 마지막 목동이었던 외팔이 레드가 사망했다. 다른 사람들이 모두 떠나버렸기에 그의 트레일러 주변은 공터가 되어 있었다. 레드의 유일한 종교는 '술집, 산맥, 양떼'였지만 사람들은 그에게 모르몬교 장례식을 치러주었다. 그레이디는 너무 낡아서 반들반들해진 푸른색 개버딘 양복을 입고 왔다. 옷깃에 흰 카네이션을 꽂고 갱스터 스타일의 챙이 좁은 스탯슨 모자를 썼다. 그는 상여꾼으로 관을 들어야 해서 걱정이 이만저만이 아니었다. "그레텔, 나 가끔씩 발작 일어나는데 어쩌지? 하지만 레드 아저씨는 내가 자기를 떨어뜨려도 이해해 주실 거야."

장례식장 실내는 분홍색 페인트로 칠해져 있었고 철물점에서 산 샹들리에와 접이식 금속 의자가 놓였으며 양쪽에 푹신한 빨간색 소파가 있었다. 분홍색이 레드의 고단한 삶을 덮어버렸고 그 어느 아픔도 건드리지 않았다. 세 명의 풍채 좋은 모르몬교 여성들이 〈사랑은 변치 않네〉와 〈주님의 정원에서〉 같은 찬양을 불렀다. 마치 설탕을 삼킬 때처럼 울먹울먹한 목소리였다.

"내가 여기서 일한 다음부터 목동 19명이 세상을 떴어." 그레이디가 묘지에서 걸어 나오면서 말했다. 굴착기가 지나가고 불빛이 번쩍였다. 그레이디는 자기와 레드의 술친구이기도 했던 운전기사에게 손을 흔들었다. "이제는 삽으로 무덤을 파진 않겠지." 그는 옷깃에서 카네이션을 꺼내 길가에 던졌다. "이제 내 차례가 얼마 안 남은 것 같네." 우리는 그레이디의 전처 집에 가서 도넛과 퍼지를 먹고 커피를 마셨다. 그 주에 은행에 의해 목장의 종말은 최종 완결되었지만 그보다 훨씬 전에 목장의 심장은 깨끗하게 발라졌다고 할 수 있었다.

3장

다른 삶들

1976년 와이오밍으로 차를 몰고 갔을 때 겨우내 얼었던 땅이 막 녹아내리고 있던 참이었다. 밤이었다. 내 눈에 보이는 것은 하얀 봉우리, 검은 하늘, 엔진 소리에도 아랑곳하지 않고 자동차 앞을 지그재그로 산책하는 토끼들뿐이었다. 갑자기 기온이 높아지면 서리가 녹지 못하고 땅 속으로 깊이 들어가 버린다고 한다. 마치 텐트를 전부 펼치기 전에 마지막 하나 남은 텐트 못을 엉뚱한 땅에 찔러 모두 허사가 되어버린 것과 같다고 할까. 그해 나에게도 그런 일이 일어났다. 상황이 나아지는 듯 보였는데 개선되기 전에 바닥으로 곤두박질쳐 버린 것이다.

이른 아침에 러벨 마을에 도착해 웨스턴이란 이름의 핑크색 호텔에 방을 빌렸다. 주방에는 커피포트와 프라이팬이 있었고 침대 옆에는 구식 검은색 전화기가 있었는데 천식을 앓고 있는 주인이 내 모든 전화를 엿들었다.

나는 공영방송 다큐멘터리 감독으로, 빅혼 산맥에 사는 네 명의 노인 목동을 촬영하러 온 참이었다. 나는 혼자였다. 며칠 전 이 프로젝트의 공동 감독이자 내가 사랑했던 남자가 병원에서 죽음을 준비하란 소리를 들어서였다. 그는 서른이 채 되지 않았었다.

한 달 남짓 목장 일에 대해 파악하고 각각의 양떼 캠프에서 적지 않은 분량의 촬영을 한 뒤 목장 관리인인 존은 나에게 자신의 트레일러하우스의 남은 방을 사용하라고 했다. (그가 설명한 대로) 술집과 모르몬교 교회의 '고양이 모퉁이[1]'에 있던 그의 트레일러에서는 시내의 메인 스트리트이자 유일한 포장도로가 보였다. 마을 풍경이 너무 단조롭고 밋밋해 마치 마을 한쪽을 비스듬히 기울여 생기를 빼낸 것만 같았다. 트레일러 내부는 독특한 취향으로 꾸며져 있었다. 붉은색 벨벳으로 된 2인용 안락의자가 있고 황금색 조명이 닻줄 같은 것에 연결되어 있었다. 분홍색 주방에는 파란색 러그가 깔려 있고 책장도 하나 있고 테이블 위에는 아도니스 동상도 있었다.

존은 원조 모르몬교 목장주의 손자로 그의 조부는 홈스테드법으로 20만 에이커의 땅을 받았다. 키가 크고 다리가 길고 소박하게 잘생긴 얼굴의 남자였다. 솟아오른 광대뼈 때문에 깜짝 놀란 것처럼 보이기도 했고 독신남 특유의 성미 급하고 정신 사나운 모습을 보이기도 했다. "모든 게 거꾸로 가는 목장 무리에 오고 싶었으면 제대로 잘 찾아오신 게 맞습니다요." 양떼 캠프로 가는 길에 코요테 한 마리가 우리 앞을 가로질렀다. "저 놈의 짜식. 한 방에 쫓아내 버려야 하나." 그는 트럭을 잠시 세우더니 뒷좌석을 뒤적거려 소총을 찾았고 그 사이에 코요테는 눈앞에서 사라졌다. 그가 다시 시동을 걸었다. "어차피 총알도 안 들어 있어요." 그가 몇 분 후에 털어놓았다. 그는 한때 애완용 코요테를 뒷마당에 묶어놓고 키웠는데 어느 날 학교에서 돌아와 보니 사라지고 없었다. 그의 할머니가 이렇게 설명했다고 한다. "느이 할아버지가 아무리 그래도 그렇지 양 잡

1 Catty corner. 대각선 방향이라는 뜻.

아먹는 동물을 양목장 대문 앞에다 묶어놓는 건 아니라고 하셨어."

그날 밤 다큐멘터리 영화의 '주인공' 중에 한 명이 술에 거나하
게 취해 새벽 2시에 존의 트레일러에 침입했다. "일어나, 할리우드
양반." 그는 존의 침실을 향해 고래고래 소리를 지른 다음 달려가
차 문고리에 묶어 놓은 말 옆에서 구토를 했다. "더럽게 거기다 토
하지 마요, 좀. 저기 저 산속에 버리고 올까 보다. 다시는 찾아오지
못하게." 존은 짐짓 딱딱하고 냉정하게 말했다. 하지만 그의 말투가
거칠어질수록 그가 전하는 메시지에는 더 애정이 담긴 듯했다. 새벽
3시 30분에 커피포트 소리가 들렸고 우리는 4시에 기상했다.

6월에 나는 제작진인 조앤과 닉과 함께 목장의 여름 본부로 쓰
이는 빅혼 꼭대기의 존의 오두막으로 옮겼다. 촬영은 시작되었다.
이삼 일에 한 번 꼴로 마을로 내려가 데이비드에게 전화를 했다. 그
의 목소리는 쉬어 있었지만 정신은 또렷하고 명랑했다. 그가 말했
다. "결국 유령 되려고 열심히 살았나 봐." 우리가 이야기하지 않고
지나간 죽음에 대한 은유는 없었고 이제 대화는 종종 끊기곤 했다.
그의 숨소리를 듣는 것만으로도 만족했지만 침묵이 흐르면 가끔은
욕지기가 날 듯 울렁거렸고 때로 삶이란 그저 역설 같았다. 감정이
라는 철광석에도 서서히 녹이 스는 것처럼 느껴졌다.

웨일스의 스완즈에서 태어난 데이비드는 웨일스 사람들 특유의
술꾼 성미를 갖고 있었지만, 냉소적인 면은 힘겨운 상황에 잘 적응
하며 살아온 선량한 성격과 균형을 이루고 있었다. 짙은색 곱슬머리
사이로 끝이 살짝 아래로 휘어진 높은 코가 보였고 검은색 눈은 반
짝거렸다. 목사의 아들이었던 그는 경건함만 강조하는 위선적인 분
위기를 못 견뎌 운동 장학금을 받고 하버드에 입학했다. 프랑스계

캐나다 터프가이들과 하키를 하면서도 고전 문학을 읽었다. 언젠가 그는 내게 뉴욕의 호텔에서 거울 앞에 나체로 나란히 서보자고 했다. "우리가 얼마나 대조되는지 봐." 그는 우리 사이에 피어오른 불꽃같은 사랑이 마치 이 상반됨에서 부화했다는 듯이 말했다. 사실은 외모를 제외하고는 우리는 전혀 상반되지 않았다. 만나기 훨씬 전부터 연락을 주고받았기에 우리가 모든 면에서 닮은 사람들이라는 것을 이미 알고 있었다. 딱 한 가지만 달랐다. 나는 건강했고 그는 죽어가고 있었다.

이른 봄에 우리는 자작나무, 낙엽송, 너도밤나무가 우거진 숲속의 창문 없는 오두막에서 숨어 지냈다. 생야채를 먹고 기네스 스타우트 맥주를 마셨다. 그는 우리 침낭 속으로 기어들어온 '얼룩이' 쥐에게 오래된 빵 조각을 주기도 했다. 밤이면 나의 유일한 카세트테이프였던 베토벤의 후기 현악 사중주를 들었다. 마침내 카세트 배터리가 다 닳았다. 데이비드는 잠을 거의 자지 못했고 겨우 잠이 들어도 타는 듯한 통증이 그를 깨웠다. 밤새 그의 등과 다리를 마사지했는데 나중에는 내 손이 저절로 움직여서 내 손이 그의 몸의 어디에 닿았는지 잊어버리기도 했다.

죽는다는 것은 너무나 많은 것을 앗아가는 일이었기에 조금이라도 불필요한 것, 역설로 압축되지 않는 모든 것은 사라졌다. 우리는 말없이 손을 잡고 바닥에 누워서 상대방의 모습을 바라보며 요란한 웃음을 터트렸다가 결국 울어버리곤 했다. 죽음만큼 웃긴 농담은 없을 거야. 우리는 동의했다.

데이비드가 와이오밍에 와서 나와 합류했을 때 우리는 결혼에 대한 이야기는 하지 않고 있었다. 의사가 말하는 예후는 오락가락했다. 처음에는 완치에 대해 희망적인 말을 했었는데 이제는 데이비드의 완치 가능성은 '확률 낮은 게임'이라고 했다. 그는 와이오밍에 오래 머무르지도 못했다. "이 넓은 공간은 꼭 가능성 같아서 슬퍼져. 너와 함께 할 수 있었던 그 모든 삶의 가능성." 그가 말했다. 통증은 악화되었고 열흘 후에 그는 자신의 아이들이 보고 싶다며 집으로 갔다.

공항 가는 길에 잠깐 술집에 들러 맥주를 마셨다. 7월 4일 독립기념일이었다. 아이들은 고속도로 옆 곡식밭에서 폭죽을 터뜨렸다. "우리 뭔가 축하하긴 해야 하나 봐. 뭔지 모르겠지만." 한 시간만 빌린 모텔방에서 서로를 부둥켜안고 로켓 폭죽과 블랙 캣 폭죽이 우리 위 하늘에서 폭발하는 소리를 들으며 그가 말했다.

다큐멘터리 제작은 터무니없이 일이 많았다. 다음 한 달 동안 데이비드에게 전화를 할 때마다 그의 목소리는 점점 가늘고 약해졌다. 우아하고 아이러니한 토크[1]가 감속하다가 낙하해 버렸다. 그 한 달 동안 와이오밍의 하늘도 변해갔다. 패기만만했던 새파란 하늘이 수축되더니 흰 침대 시트 같은 가을 구름이 납작하게 깔렸다. 띄엄띄엄 하던 촬영도 거의 마무리되었다. 9월 말이었다. 여름 목장 본부에서 보내는 마지막 밤에 나는 사나운 폭풍우가 나무 두 그루를 쓰러트리는 꿈을 꾸었다. 까마귀 세 마리가 나무 주위를 맴돌며 울부짖고 또 울부짖어대는 꿈이었다.

실제로 폭풍우가 내리쳐 존의 오두막 앞에 있던 12미터 높이의

---

1 torque. 내연기관의 크랭크축에 일어나는 회전력.

소나무 두 그루가 반으로 갈라졌다. 그 나무 옆에는 존이 수년 동안 식용으로 암양을 도축하던 가로대가 붙어 있었다. 그날 목장의 은퇴한 감독관 키스가 오두막에 온 날이기도 했다. 같이 온 그의 개는 평소에는 얌전하던 편이었는데 그날따라 유리창을 할퀴고 낑낑대면서도 밖에 데리고 나가려고 하면 안 나가려고 고집을 부리는 등 이상 행동을 했다. 그날 밤 나는 마을에서 잤다. 아침에 전화가 걸려왔다. 키스가 오두막 바닥에서 죽은 채 발견되었다는 것이다. 내가 존을 깨워 비보를 전하자 그가 잠시 침묵하다 말했다. "개는 알고 있었나 보네."

다음날 나는 동부로 가는 비행기를 예약했다. 데이비드의 통증은 더욱 악화되어 생사를 오가는 중이었고 섬망 속에서 내 이름을 불렀다고 했다. 또 다른 꿈을 꾸었다. 페리 한 대가 두 개의 합판을 싣고 있었다. 한 합판에 내가, 다른 합판에는 내 어머니가 서 있었다. 우리는 작은 섬으로 향했다. 데이비드의 어린 아들이 메시지가 적힌 종이를 들고서 해변에 있었다. 배에서 내려 읽으려고 했지만 아이가 들고 있던 종이가 너무 흔들려 글씨를 알아볼 수가 없었다.

아침에 짐을 싸고 욕조에서 샤워를 하던 중에 데이비드의 어머니에게 전화가 왔다. 데이비드가 눈을 감았다고 했다.

나는 와이오밍을 떠나지 않고 데이비드의 장례식이 아니라 키스의 장례식에 갔다. 자녀들에게 양팔을 부축받으며 들어온 키스의 아내는 그 자리에 쓰러지더니 몸을 S자 모양으로 웅크리고 서럽게 울었다. 나는 한동안 눈물 한 방울 흘리지 않았다. 데이비드의 존재, 그의 '유령'이 사방에 나타나 장난꾸러기처럼 내 주변을 돌거나 깜

빡거렸기 때문이었다. 살아 있다는 것이 가증스러웠고 쾌락이든 고통이든 전부 가당치 않게 느껴졌다. 공허함이라는 수레바퀴가 내 안에서 빙빙 돌면서 한동안 그 안을 휘젓고 다녔다.

그러다 마침내 눈물이 흘렀고 그 눈물은 2년 동안 마르지 않았다. 나는 여행을 다녔다. 어린 시절 친구는 산타페의 집에서 나에게 침대를 빌려주고 자신은 바닥에서 이불만 덮고 자기도 했다. 밤에 혼자 방에 있는 것은 완전한 저주였다. 창문은 저절로 활짝 열리고 여러 목소리가 동시에 들려왔다. "일어나!" 나는 이따금 목장에서 만났던 존에게 전화를 하곤 했다. "아직도 떠돌이 신세요?" 그가 물었다. 몇 달 후에 그가 말했다. "여기나 저기가 매한가지 아닌가요. 그럴 거면 집으로 와요."

그 말을 듣자마자 17시간을 쉬지 않고 운전해 그의 트레일러하우스 앞에 차를 세웠다. 존은 양떼 캠프에서 지내기 위해 식량을 준비하는 중이었다. "다른 일 없으면 나랑 같이 올라갑시다." 그가 무심하게 말했다. "왜 그런지 모르겠지만 그동안 여기 사람들이 당신 걱정 많이 했어요."

다음 몇 주 동안 나는 몇 명의 여자 친구들을 사귀었다. 서부의 신화 중 하나는 서부가 '남자들의 세계'라는 것이지만 내가 만난 여자들은 남자만큼 강인하고 유능했고 남자들은 여자들만큼 마음이 여리고 따스했다. 이 여자들도 역시 무법자, 농장주, 목장주, 모르몬교 개척자의 후손들이니까. 다섯 아이들과 씨름하면서 성깔 있는 남편과 살던 바비조는 대뜸 전화해서 말했다. "집에 와요. 울려면 우리 집 부엌에서 울든가." 그 말에 나는 울다가 웃어버리고 말았다. 40대 카우걸 도로시도 있었다. 도로시의 부모님 농장은 훔친 말을 끌고 이동하는 무법자들의 하룻밤 쉼터였다고 한다. 그녀는 연락도 없이 존의 집에 나타나 말했다. "우리 홍키통키 추러 가요!" 창문 밖에서 이렇게 소리쳤지만 그녀는 술을 못 하는 데다가 동네를 아무리 뒤져도 춤출 만한 곳도 없어서 우리는 그저 드라이브를 했다. "다들 외롭다 외롭다 하지만 진짜 외롭게 자란다는 게 뭔지 모를걸. 어릴 때 내 친구들이라고는 떠돌이 범죄자들하고 기차 타고 가는 군인 아저씨들뿐이었어요." 같이 말을 타고 와일드 호스 레인지의 산기슭을 달리기도 했다. 가끔은 우리가 지나갈 때 말라버린 강 바닥에서 종마 무리(종마 한 마리와 암말들)가 나타나기도 했다. 때로는 말의 사체 옆을 지나가기도 했다. 뻣뻣한 가죽이 앙상한 뼈를 덮고 있었다. 그 가죽을 잘라내 어깨에 두르면 어떨까 생각하기도 했다. 죽음을 입은 채 살아가는 방법이 되지 않을까. "만약 우리 심장을 수술해야 한다면 접착제가 한 바가지는 있어야 할걸. 산산조각 난 것들 다 붙여야 되니까." 말을 타고 가면서 도로시가 말했다.

도로시의 집에 가니 염소 두 마리, 젖소 한 마리, 조랑말, 거위, 나무에 묶인 개 두 마리가 나를 맞아주었다. 부엌에는 셰틀랜드 조랑말이 난로 옆에서 몸을 녹이고 있었다. 도로시가 까치 한 마리를 데리고 들어왔다. "이거 당신 선물." 그녀가 말했다. "이 녀석들에게 말 가르쳐봐. 그럼 외롭지 않을걸." 와이오밍의 목장에 사는 한 여성은 남편을 먼저 보내고 거실에 안장마馬를 데리고 와서 말동무를 삼았다면서 나도 그렇게 하라고 했다.

여름에는 비가 내리지 않고 한 차례 우박이 쏟아졌다. 친구의 40만 제곱미터짜리 알팔파[1] 밭은 단 30분 만에 꼬챙이들의 밭이 되어버렸다. 나도 그 나무 꼬챙이들처럼 느껴졌다. 뻣뻣하고 무게 없고 벗겨져 버린 아이들. 목장 주인과 차를 몰고 읍내로 나갔다. 그는 해바라기씨 한 봉지를 사더니 입에 마구 털어 넣으며 신경질적으로 웃어재끼면서 자신의 잃어버린 농작물에 관해 잊으려고 노력했다. 픽업트럭 바닥은 앵무새 새장처럼 해바라기씨가 가득 깔려 있었다.

노동절이 되자 회색의 진흙땅이 건조해지며 쩍쩍 갈라졌다. 세이지브러시 뭉텅이들 사이의 땅은 마스크처럼 매끈하고 창백해 보였다. 존과 목장 친구 두 명과 나는 '파티 나들이'를 나섰다. '파티 나들이'는 곧 이 사람들과 2~3일 내내 자동차 안에 갇혀 있어야 한다는 것을 뜻했고, 내 옆을 스치는 이성의 다리를 느끼며 목적지 없이 가고 있다는 느낌은 나쁘지 않았다. 우리는 몬태나 주 경계를 넘자마자 나오는 스너프라는 술집에 갔다. 길 건너편의 칼슘 공장에서 나온 먼지 때문에 모든 것이 분홍색인 술집이었다. 나는 렉스, 척과 주차장에서 춤을 추었고 존은 짝 없이 벽 앞에 서 있던, 선드레스를 입은 덩치 큰 여자 세 명과 춤을 추었다. 올 때는 국도를 따라오면서 레드 로지, 루터, 로스코에 들렀고 소를 몰고 있는 카우보이들에게 맥주를 나누어 주기도 했다.

한 술집에서는 여자가 카우보이를 픽업트럭 바퀴 뒤로 밀면서 키스했다. 한참 후에 여자가 남자를 놓아주자 그는 넘어지더니 취한 여자라며 중얼거렸다. 우리는 집으로 향했다. 분명 차에 있었던 것 같은데 일어나 보니 어떤 집 앞마당 잔디밭이었다. 우리가 몰던 트럭은 옥수수 밭 한가운데 주차되어 있고 경적이 울리고 있었다. 그런데도 또 자고 다시 일어나 보니 트럭이 없어졌다.

내 삶은 무료했다가 행복에 도취되었다가 다시 무료해지는 것

---

1 alfalfa. 주로 사료용으로 쓰이는 콩과의 식물.

의 반복이었다. 감정 기복은 패들 휠처럼 점점 더 빠르고 세게 돌아
가기도 했다. 나는 시큰둥했다가 가벼워졌다가 무언가에 미친 듯이
몰입했다. 나는 왜 여기 있나? 여기서 이러는 건 거짓인가? 나는 사
기꾼인가? 도시의 친구들이 전화해 언제까지 숨어 있을 거냐고 물
었다. 건조한 유머와 순수한 무심함의 과도한 조합인 와이오밍은 날
분명히 환대하고 있었다. 하지만 나는 이도 저도 아닌 채로 흔들리
고 있었다. 어느 날 아침 뉴욕에서 차를 타고 온 부부가 지나갔다.
그들은 말을 타고 가는 나를 보고 어떤 표정을 지었다. 아마 '아, 저
런 사람이 바로 카우걸이구나.' 이렇게 생각했을 것이다. 차가 시내
로 진입하면서 속도가 느려졌고 나는 그 차 뒤를 나도 모르게 쫓아
가고 있었다. 차의 창문을 두드려서 나도 7번가 지하철역의 모든 역
이름을 안다고 말하고 싶었다. 그 차는 곧 속도를 내어 지나쳐 갔다.
순간 나 스스로가 한심해서 웃어버렸고 실내에 들어가 친구에게 편
지를 썼다. "진정한 위안은 어디에서도 찾을 수 없어. 다시 말하면
어디에서든 찾을 수 있다는 말이야."

   앞에 테킬라가 붙은 다양한 음료를 몇 잔 마신 후에 겨울 계획
을 세웠다(이 주의 특이한 자유 중 하나는 술집의 드라이브 스루 창문에
서 '포장된 술 한 잔'을 살 수 있다는 것이다). 쇼쇼니 강의 노스 포크에
있는 방 하나짜리 통나무집에서 혼자 겨울을 지내보기로 한 것이다.
고독은 고독으로 해독해야 한다고 생각하며 마조히즘에 도전장을
내밀고 있었다고 할까.
   1978년은 와이오밍 기후 관측 역사상 세 번째 최악의 겨울로
남았다. 영하 30도까지 떨어지던 기온이 갑자기 영하 10도가 되자

공기가 포근하게 느껴질 지경이었다. 어떤 카우보이는 픽업트럭 바닥에 불을 피워 부동액을 녹인 다음 차 안에서 말 담요를 몸에 둘둘 감고 대륙 분계선을 넘었다. 난방기가 고장 났지만 120마리의 말을 먹여야 해서 가지 않을 수 없었다고 한다.

또 한 친구는 술집에 있는 동안 변속기가 멈췄다. 유일하게 작동하는 기어가 후진 기어뿐이라 그는 후진으로 두 개의 마을을 지나고 병원을 지나고 언덕을 올라 병원을 지나쳤고 가는 내내 놀란 구경꾼들에게 손을 흔들어주었다. 아내가 술 마시고 헛짓거리를 한다고 잔소리하자 그는 말했다. "세상을 똑같은 방식으로 보는 게 지겨워서 그랬지."

이런 추위에 가축과 가축을 먹이고 돌보는 사람들 중 누가 더 고통스러운지는 말하기 어렵다. 한 농장주가 돌보는 앵거스 소 무리가 자연유산을 하기 시작했다. 소 한 마리를 부검해 보았다. "내장이 젤리 같더라고요. 그 안의 모든 것들이 완전히 소모된 것 같았어요." 그가 말했다.

기온이 영상으로 올라가지 않을 때는 통나무집이 나를 둘러싼 숲처럼 느껴졌다. 바깥에는 거센 바람이 몰고 온 눈덩이들이 점점 커져서 거인의 어깨 패드처럼 오두막을 두르고 있었다. 존과의 양육권 싸움 끝에 내 차지가 된 개 러스티만이 유일한 동반자였다. 매일 밤 러스티와 스크래블 게임을 했는데 러스티가 매번 이겼다.

엘런 코튼은 빅혼 북동쪽에서 농장을 운영하는 여성으로 어느 날 밤늦게 전화를 걸어왔다. "나 혼자 우리 소들 다 못 먹이겠어. 눈 때문에 같이 일하던 팀원들이 도저히 못 오겠대요. 자기가 와서 도와줄래?" 다음날 아침 지나가던 목장주가 시동이 걸리지 않는 내

트럭을 끌고 고속도로를 3마일이나 견인해 주어서 시동을 걸었고 나는 베이슨 분지를 가로질러 제설되지 않은 도로를 뚫고 가보기로 했다. 그러나 어떤 길로도 도저히 엘런의 집에 갈 수 없었고 패배자의 기분으로 나의 고독한 보금자리로 돌아왔다.

엘런에게 혼자 목장을 운영하면서 찾아오는 좌절감을 어떻게 극복했는지 물었다. 랄프 왈도 에머슨의 손녀이기도 하기에 남다르게 강인한 내면을 갖고 있을 거라 생각했다. 하지만 그녀는 손을 내저었다. "나 농장 운영 잘 못해. 형편없어." 그녀가 겸손하게 말했다. "우울함과 패배감을 내 안에 차곡차곡 모아두었다가 가끔씩 한 번 터트려. 내가 한 모든 멍청한 짓을 떠올리면서. 그러다가 이 오래된 만화경을 들고 한 바퀴 돌려봐요. 이거 봐, 하나만 집중해서 볼 수가 없잖아. 언제나 다른 것들에 자리를 내주지. 그러면 전체적으로 아름답게 보이잖아."

겨울이 나를 할퀴고 지나갔다. 광대 뼈 아래에 겨울이 할퀸 자국과 흉터가 느껴지는 것 같았다. 이곳 사람들의 딱딱한 껍데기 같은 겉모습은 실은 장착하지 않으면 안 되는 정신적 회복력이다. 혼자 목장을 운영하는 한 여성은 자신의 목초지에 소를 풀어놓은 이웃과 갈등이 생겼다. 어느 날 아침 그녀는 말을 타고 나가 그 남자와 대결했다. 남자가 적당히 웃어넘기려 하자 여자는 총으로 그 남자의 모자 위를 명중시켜 벗겨 버렸다. 그는 바로 수소들을 데리고 걸음아 나 살려라 하면서 도망갔다. "모자 받고 싶으면 찾아오든가. 우리 벽난로 위에 걸어놓을 테니까." 도망가는 남자의 뒤에 대고 소리쳤다. 몇 달 후 그 이웃은 뇌졸중으로 쓰러졌고 그녀가 찾아가 간

호해 주었지만 모자는 여전히 벽난로 위에 걸려 있다고 한다.

　이곳에서 잘 산다는 것은 물질적 풍요뿐만 아니라 정신적으로 잘 버텨내는 기술을 의미한다. 적어도 전통적으로 목장 생활은 물질주의와는 거리가 있고 인간이 동물과 동고동락하며 얻게 되는 성취감, 밤에 라디오를 듣는다거나 별자리를 찾아보는 등의 소박한 기쁨을 대표한다. 내가 배우게 된 강인함은 순교자적인 끈기나 단순무식한 영웅주의가 아니라 적응의 기술이었다. 나는 생각했다. 강인함은 곧 연약함과 통하며, 온유함이야말로 진정한 치열함이라고.

　6월에 다시 이사를 했다. 분지 너머에 '죽은 사람들을 포함해' 인구 50명이라는 작은 마을 근처의 허름한 집으로 들어갔다. 옳음의 개념은 오래전에 사라졌지만 나와 이 구시대적인 목장 공동체 사이에 화학 반응이 일어난 것만은 확실했다. 나는 이곳에서 사랑받고 미움받고, 유혹하고 유혹당하고, 용납하고 용납되었다. 나는 이 안에 맞아 들어갔다. 이 마을의 미니어처 모형 같은 우체국 벽에는 사슴뿔이 걸려 있고 그 앞에 편승 철도가 있었다. 매일 말을 타고 우체국으로 갔다. 초췌하고 지친 표정의 직원이 직접 건네주는 우편물을 받기 위해서였다. 한번은 그가 길 한가운데 서서 하늘을 가르는 농약 살포 비행기를 총으로 쏘는 모습을 보았다.

　우체국 맞은편에는 매력적으로 낡은 석조 건물 안에 잡화점이 있었다. 먼지 옷을 입은 통조림이 군데군데 놓여 있고 벗겨지기 시작한 초록색 페인트 조각이 손님들 머리 위로 눈처럼 떨어졌다. 그 건물 북향에는 파리의 아틀리에에서나 볼 법한 문설주가 있는 커다란 통창이 나 있었다. '범'이라는 이름의 커다란 구리색 개가 이곳의 실질적인 통치자로 보였고 묘하게 어울리지 않는 주인 부부는 관대하고 유쾌했다. 이들은 천상 반정부주의자로 허세와 규율, 그리고 돈 버는 기술 따위에는 관심이 하나도 없었다.

세이지로 뒤덮인 평원 마을의 산이 내다보이는 1층 집에 한 은둔자가 살고 있다는 말을 들었다. 그는 화가였고 창문을 군용 담요로 덮고 살았는데 세상을 보고 싶지 않아서가 아니라 남들에게 보이고 싶지 않아서라고 했다. 한번은 그의 집을 찾아가 보았다. 집 안에는 숫염소들 냄새, 죽은 쥐 냄새, 그리고 꽉 막힌 감정이 내는 악취가 났다. 그는 머리를 손으로 감싸고 바닥에 앉아 있었지만 그에게 나온 명랑하고 고운 목소리가 한순간에 방의 불결함을 걷어 내주었다. 침대는 찢어진 외투로 덮여 있는 좁은 널빤지였다. 천장에 철조망을 연결해 야구 방망이와 붓을 걸어 놓았는데 그가 상상력과 생존의 문제를 놓고 벌인 전투의 상징 같았다.

레이나와 피트도 만났다. 작은 공동묘지 옆, 온통 나무로 둘러싸인 집에서 사는 그들은 일자리를 얻기 위해 애리조나에서 북부로 올라왔다고 했다. 그들이 이사를 오자마자 이 집은 환골탈태했다. 레이나는 우편함을 보라색으로 칠하고 처마에는 카나리아 새장을 달고 죽은 나무는 갖가지 조화로 장식했다. 키가 작고 풍만한 가슴에 명랑 발랄한 그녀는 찢어지게 가난한 집에서 태어나 12살 때부터 일하러 나갔다고 한다. "안 해본 게 없죠." 그녀가 말했다. "길바닥에서 자본 적도 있고 대저택에서 지낸 적도 있고. 콩만 먹고 살기도 했고 최고급 스테이크도 먹었죠. 그게 나예요. 세상의 여러 모습을 알고 그 각각의 모습을 다 사랑해요." 그녀는 경마장에서 일하며 말을 관리하던 피트를 만났다. 그는 각진 턱을 지닌 잘생긴 남자로 그가 내뿜는 활력의 비밀은 매일 먹는다는 뱀가죽 가루라고 했다.

첫 추위가 닥친 후에 레이나와 피트는 겨울은 남부에서 보내기로 결정했다. 레이나는 함께 일했던 목장 주인들을 초대해 작별 파티를 열었다. 식사 후에 레이나는 미리 테이프에 녹음해 둔 작별인사를 카세트에 넣고 틀었는데, 정든 사람들의 얼굴을 보고 말하면 울음을 터뜨릴 것 같아서라고 했다. "하나님 맙소사. 그 자리에 눈물을 흘리지 않는 사람이 없었다우. 노인네들이 그렇게 펑펑 우는 건 또 처음 봤네." 그때 손님으로 갔던 한 사람이 이렇게 말했다. 크리넥스 한 상자가 마치 의식처럼 옆에서 옆으로 전달되었다. 피트와 레이나가 이사 간 후, 이유는 모르겠지만 집주인 부부는 집의 모든 나무를 베어버렸다. 마을 주민들이 느끼는 빈자리의 크기 같았다.

작은 계곡의 위와 아래까지는 3, 4대째 이어져 내려오는 가족 목장이 펼쳐져 있기도 하다. 보통 '마이크'라 불리는 여인 메리 프랜시스가 나에게 카우보이 일을 해보자고 했고 나도 군말 없이 따라나섰다. 그때 시작한 견습 생활은 오늘날까지 이어지고 있다. 이제 60대인 메리는 케이시 근처의 대규모 소목장에서 자랐다. "아버지한테 그랬죠. 나도 오빠들하고 똑같이 말 탈 거라고. 아버지가 그러데요. '그래. 하고 싶으면 해라. 대신 1등으로 잘해라.'" 메리는 말을 타고 올가미를 던지고 수소를 거세하고 야간 경비를 서고 소를 몰고 낙인을 찍고 거세한 수소들을 싣고 기차를 타고 경매 시장에 갔다. "기차에서 무슨 일이 있긴 했지." 그녀가 말했다. "질투하던 카우보이 부인 중 한 명이 어떻게 남녀가 섞여서 자냐고 묻더라고. 그래서 내가 남자들하고 다 자봤는데 그중에 랭글러[1]가 제일 좋았다고

---

1 wrangler. 카우보이에 속하는 직업 유형으로, 가축을 전문적으로 다루기 위해 고용된 사람을 말한다.

했지."

늘씬하고 세심하고 옷도 우아하게 차려입는 그녀는 어디를 봐
도 남자 같은 구석은 없다. "사실 남자들은 여자 카우보이가 섞여
있어도 신경 안 쓴 것 같아. 물론 당시에 여자가 거의 없긴 했지만.
그래도 다들 방광이 터질 때까지 참다가 일을 보긴 했어. 조금 더
멀리 걸어가서 내가 안 보는 거 확인하고 말야."

마이크가 올가미 던지기를 가르쳐주어 나는 겨울 내내 아무도
보지 않는 집 안에서 연습했다. 처음으로 올가미 던지기 '데뷔'를 한
후부터는 올가미 던지기를 하자는 그녀의 제안을 내가 거절하면 티
나게 서운해하고 내가 소들을 아무리 놓쳐도 밧줄만 던지면 무조건
칭찬을 쏟아부었다. 그녀는 의리에 죽고 사는 사람이었다. 한번 친
구면 영원히 친구였다.

계곡 목장에 사는 다른 두 여자도 카우보이를 했다. 로라는 존
밑에서 양을 몰다가 셸로 이사했고 메리는 남편 스탠과 목장을 운
영했다. 낙인 찍기, 봄철 몰이, 가을 회합에 우리 네 명은 한 팀으로
같이 말을 타고 다녔다.

특히 새끼를 분만시키는 중에 동료애는 더욱 두터워졌다. 늦은
밤 로라, 메리, 스탠 옆에서 소 제왕절개를 도운 적이 있다. 마취를
한 뒤 내가 손전등을 들고 있었고 스탠이 소의 옆구리를 면도한 다
음 일곱 겹의 피부를 갈라냈다. "야들한테 지퍼가 달려 있으면 좋겠
네." 액체 웅덩이에서 꿈틀거리다 다시 사라지는 새끼를 보면서 말
했다. 우리는 소의 옆구리를 더 크게 벌리고 팔꿈치까지 피가 묻도
록 팔을 깊이 넣어 송아지를 끌어내기로 했다. 손으로 송아지 다리
를 하나씩 움켜잡았다. "됐다. 하나 둘 셋 당겨!" 힘껏 잡아당기자

송아지가 쑥 나왔다. 송아지가 숨을 쉬기 시작했다. "더럽게 힘들게 나오네. 송아지 새끼." 스탠이 말했다. 메리는 암소의 벌어진 옆구리를 들여다보며 말했다. "어떡해. 나 저 안에 결혼반지 빠뜨린 것 같아." 메리가 말했다. 스탠이 중얼거렸다. "겁나게 비싼 소 되브렀네." 스탠은 소의 옆구리를 꿰매고 로라는 송아지의 등을 짚으로 문질렀다. 다행히 어미와 새끼 모두 살았다. 그날 밤 헛간에서 집으로 걸어가다가 오로라를 보았다. 여자의 얼굴에서 떨어지는 분가루 같았다. 하얀 빛의 첨탑 위에 그려진 붉은 립스틱과 시퍼런 아이섀도가 폭발하고 진동하며 색이 마구 섞이다가 서서히 사라졌다. 마치 이 땅의 모든 생명들 같았다.

셸에서 일하던 초기 몇 주 중의 어느 날, 한 젊은 목장 주인이 잃어버린 소를 찾으러 우리 목장에 들어왔다. 이런 일은 가끔 일어났지만 그 남자의 어떤 면 때문에 내 심장은 작게 두근거렸다. 그의 커다란 푸른 눈은 순수에서 역설로 끌어내려진 듯 끝이 처졌고 그의 입은 살짝 벌어져 있었다. 그의 영리해 보이고 긴장한 얼굴은 하얀 울타리 같은 치아를 드러내고 활짝 웃자마자 순박해져 버렸다. 우리는 잃어버린 소에 관해 몇 마디 나누었고 그는 떠났다.

한번은 길에서 우연히 만나 대화를 나눈 적도 있다. 메뚜기가 다람쥐를 쫓아다니며 빙글빙글 돌던 날로 기억한다. 그 주의 주말 새벽 여섯 시에 누군가 문을 두드렸다. 나는 그에게 들어오라고 했다. 우리는 식탁에서 잠시 안부를 나누었고 그가 나가려고 일어나더니 나를 거칠게 끌어안았다. 그러자마자 사과하고 뒷걸음질로 문으로 나가 담장을 뛰어넘은 후 언덕을 전력 질주하여 공회전 상태로

둔 픽업트럭으로 갔다.

그 후에도 그는 자주 엉뚱한 시간에 우리 집에 왔다. 그가 오기 전에는 항상 몸이 떨리기 시작했는데 그건 그가 우리 집 가까이에 있다는 신호였다. 매번 같은 의식이 반복되었다. 뚝뚝 끊어지는 대화, 어색한 악수, 아쉬운 발걸음. 가끔은 우리 집에 다른 사람들과 같이 있을 때도 있었지만 우리 사이의 강렬한 화학 반응은 우리를 최면 상태에 빠뜨렸고 그 무엇도 우리 만남을 방해할 수 없었다.

9월에 그와 같이 말을 타고 산에 가서 소들의 상태를 확인하고 개울을 건너면서 말 위에서 플라잉 낚시도 했다. 여름 내내 조용하고 변덕스러운 씨들이 화살처럼 날아다녔다. 큰조아재비, 김의털, 미루나무, 솔방울들을 지붕처럼 얹은 소나무들이 한껏 자신의 씨들을 바깥 세상에 내보냈다. 내 몸을 덮은 그의 몸은 한 마리 곰 같았고, 음울했고, 다정했다. 성애는 탄생과 죽음을 잇는 한 가닥의 실이 될 수 있었다. 처음으로 내 안에 고름처럼 고여 있던 고통이 빠져나가고 있다고 느꼈다. 어느 누구도 사랑하는 이의 죽음을 극복할 수는 없지만 고통도 기복을 타면서 토닉을 탄 진액처럼 옅어질 수는 있었다.

다음날 아침, 내가 메뚜기와 다람쥐를 본 자리에서 친구가 붉은 먼지 위에 휘갈겨 쓴 메모가 보였다. "안녕!" 오래 고향을 떠났다가 돌아온 나를 반겨주는 인사 같았다.

4장

남자에 대하여

뉴욕에 있을 때 와이오밍이 그리우면 지하철에서 말보로 광고를 찾아본다. 섬광처럼 빛나는 박차와 멀리 배경으로 보이는 산맥, 넘쳐흐르는 개울을 보면서 마음 한 구석이 찌르듯 아파온다. 내가 지난 8년 동안 같이 말을 탔던 목장주와 카우보이들이 떠올라서다. 하지만 이 광고 포스터에 나오는 엄숙하고 웃음기 하나 없는 남자들은 내가 와이오밍에서 만난 남자들과 전혀 다르다. 이 사회는 카우보이를 무모할 정도로 필사적으로 낭만화하면서 오히려 카우보이의 진짜 매력과 개성을 손상시키고 말았다. 만약 어떤 카우보이가 '강인하고 과묵하다'면 그건 말할 사람이 없기 때문일 것이다. 그가 '말을 타고 석양 속으로 사라진다'면 새벽 4시부터 말 등 위에 올라서 소를 몰다가 15시간 후 가족에게로 돌아가고 있기 때문일 것이다. 그가 '단호한 개인주의자'라면 그는 팀의 일원이기도 할 것이다. 목장 노동에는 협동이 필수이고 1880년대 영광을 누린 자유로운 방랑자형 카우보이라고 해도 치점 트레일Chisholm Trail을 오갈 때는 언제나 20~30명의 다른 카우보이들과 함께였다. 미국 대중문화는 방아쇠 당기기를 즐기는 마초형 남자를 절실하게 원하고 있겠지만 실제 생활 속의 카우보이들은 유쾌하고 엉뚱하고 다정한 경우가 많다. 목장에서의 '거침없음'은 정복이나 힘의 과시와는 관련이 없다. 그가 타고 있는 말이나 난데없는 눈보라 같은 환경이 그를 압도하기에 그에 맞춰 강해지는 것뿐이다. 중요한 것은 거침없음이 아니라 '거침없이 견딤'이다. 다시 말해 마초 카우보이는 문화적 유물일 뿐 카우보이들은 단순히 회복력, 인내심, 생존 본능을 가진 남자일 뿐이다. "카우보이는 바윗덩이들 같다고 보면 되지. 그 사람들에게 모든 일이 일어나. 발로 밟히고, 채이고, 눈보라와 비바람을 맞고 바람에 낡히지. 카우보이의 임무란 이 모든 일을 '그저 받아들이기'라우." 한 노인이 내게 말했다.

카우보이가 자신의 일을 사랑하는 사람임은 분명하다. 노동 시간이 하루에 10시간에서 15시간으로 길지만 일당은 고작 30달러 정도다. 그에게는 육체적 정력과 모성애라는 이상한 조합의 자질이 요구된다. 축산업계에서 그가 맡은 일은 새끼 송아지를 받고, 태어난 송아지를 키우고, 어미 소를 돌보는 것이다. 그가 하는 대부분의 일은 말 등 위에서 이루어지고 평생에 걸쳐 그가 보고 알게 되는 대상은 사람보다는 동물이다. 카우보이를 둘러싼 상징적인 신화는 인간의 가치를 육체적 역량으로 측정하려는 미국의 영웅주의 관념에 기반을 두고 있다. 이러한 개념 안에서 남성성은 값싼 스릴을 즐기고 자아도취적 경쟁을 펼치는 성질로 왜곡된다. 목축업자의 세계에서 용기란 홀로 위험을 마주하고 해결하기보다는 적극적이고 자발적으로 행동하는 것과 관련이 있고, 용기는 자신을 위해서가 아니라 동물과 동료들을 위해서 발휘해야 한다. 만약 소가 수렁에 빠지면 목에 고리를 걸고 소의 뿔에 밧줄을 감은 다음 소를 끌어내어 구출할 것이다. 병약한 송아지가 태어나면 집으로 데려가 부엌 난로 앞에서 따뜻하게 몸을 데워주고 새벽까지 다리를 주물러 줄 것이다. 한 친구는 아끼던 말이 다리에 묶어 둔 끈을 착용한 채 호수에 빠져 헤엄치려고 하자 바로 물속으로 뛰어들어 칼로 가죽 끈을 끊은 다음 구조대원처럼 말의 목을 끌어안고 물가로 헤엄쳐 익사 직전에서 구하기도 했다. 이러한 사건들은 언제나 자기 자신이 아닌 누군가 혹은 무언가와 연결이 되어 있기에 서부인의 용기는 이타적인 동정심의 형태일 때가 많다.

카우보이 노동에 수반되는 신체적 고통 또한 대체로 경시되곤 한다. 두려움을 넘어선 다음에는 직업적 요구에 맞춰 고통의 역치가 높아진다. 영화 〈일렉트릭 호스맨*Electric Horseman*〉에서 로버트 레드포드가 어느 날 아침 다리를 심하게 절뚝거리고, 제인 폰다가 상태를 묻자 그는 이렇게 대답한다. "그냥 살짝 삔 거예요." 카우보이 영화가 카우보이를 제대로 묘사한 건 이 장면뿐인 듯싶다. 카우보이들과 둘러앉아 이야기를 해보니 다들 웃음으로 동의를 표했다. 카우보이들은 불평을 거의 하지 않는다. 쓴웃음 한 번으로 자제력과 극기심을 보여준다.

목장주나 카우보이가 말이 짧고 술은 세고 속내를 알 수 없는 '상남자'로 여겨진다면 남자와 여자, 남성성과 여성성이 이보다 더 자연스럽게 조화를 이룬 상남자는 별로 없을 것이다. 겉으로 무뚝뚝하고 남자답게 생기고 체격이 건장하다 해도 아마 뼛속 깊이 중성적일 것이다. 목장주들은 산파, 사냥꾼, 양육자, 부양자, 환경 보호주의자 역할을 동시에 수행한다. 우리가 강인함으로 해석하는 거친 피부, 굳은살 박인 손, 가늘게 뜬 눈, 으르렁거리는 목소리는 내면의 다정함을 가리는 겉모습에 불과하다. "나한테 양들이 귀엽니 뭐니

하는 말은 하지 말아요." 내가 축구장 크기의 축사에 들어가자 한 목장주가 경고하듯이 말했다. 그런데 그다음에 그는 검은 양을 끌어안고 이렇게 말하고 있는 것이었다. "이 꼬맹이 기똥차게 잘생겼죠?"

서부 지역으로 이주한 많은 남성이 남북전쟁 이후 새 직업과 삶을 찾아 북쪽으로 올라온 남부 출신이었기 때문에 기사도 정신과 엄격한 명예 규범이 서부의 특성으로 여겨지기도 했다. 개척 시대에는 와이오밍에 여자들이 거의 없었고 여자들이 도착하자(일부는 필라델피아 같은 곳에서 온 우편 주문 신부[1]였다) 남녀 사이는 서먹서먹했고 그 형식상의 거리는 지금도 유지된다. 목장주들은 아직도 나에게 악수를 청하는 대신 모자를 기울이며 이렇게 인사한다. "안녕하세요. 부인."

젊은 카우보이들도 종종 여자들 앞에서 우물쭈물하거나 어찌할 바 모르기도 한다. 그들이 지킬 앤 하이드라서, 동물들에게는 다정하고 여자들에게는 거칠어서가 아니라 그보다는 자신 안의 다정함을 어떻게 가정으로 가져오는지 모르고 자신들이 느끼는 복잡한 감정을 표현할 언어가 부족하기 때문이다. 밤새 격렬하게 추는 춤은 내면에 억눌려 있는 폭발할 듯한 감정의 은유가 될 수 있다. 가끔씩 이런 감정이 표출될 때는 이미 충전이 가득 되어 있고 강렬한 상태이기에 단 한 번의 얼굴 쓰다듬기나 단 한 마디의 "사랑해"가 큰 울림으로 남을 수 있다.

지리적으로 광활하고 사회적으로 고립된 이곳에서 정서적 진화

---

1 mail-order brides. 결혼을 원하는 남성들이 카탈로그에 수록된 모습을 보고 선택한 여성.

가 어려워 보이기는 한다. 마음 한편에는 책임감, 논리, 관습을 중시하고 또 다른 한편으로는 충동, 열정, 직관이 강렬하게 작동한다. 이렇게 모순되는 감정이 서부의 낙원 같은 아름다움에 맞서 말없이 펼쳐지면서 카우보이들의 큰 눈에는 조심스러운 표정이 깃든다. 그들은 키스를 하기 위함이 아니라 불변의 의지로 인해 입술을 오므리고 있다. 그들도 마음을 열고 연인과 밤새도록 이야기하고 싶을 수도 있지만 어떻게 하는지도 모르고 그것이 어떤 결과를 초래할지도 상상하지 못한다. 드물게 날 것의 심정을 드러내는 순간 혼란에 빠진다. "심장이 삐끗한 거 같아요." 한 친구는 여인과 깊은 대화를 나누고 한 달 후에 이렇게 말하기도 했다.

내 친구 테드 호글랜드는 썼다. "누구도 여자보다 연약하지 않고 누구도 남자보다 연약하지 않다." 이 지역의 여성은 힘든 일을 피하기 위해 혹은 유혹하기 위해 '연약하다'는 단어를 이용하지만 남자들은 자신의 연약함을 숨기려 애쓰면서도 여성에게 사춘기 소년처럼 의존하기도 한다. 여자가 자신을 위해 요리를 하고 옷을 빨아주고 겨울에는 목장 집을 따뜻하게 유지시켜 주길 바란다. 하지만 여기서 진정한 연약함의 증거가 보인다. 이 남자들은 기계나 숫자가 아니라 동물들과 일하기 때문에, 눈부시게 아름다운 풍경 속에서 생활하기 때문에, 멋지고 놀라운 변수로 장식된 장소와 일상에 갇혀 있기 때문에, 이들의 팔 안에서 송아지가 죽기도 살기도 하기 때문에, 엘크 떼가 왜 특정 행동을 하는지 알아내기 위해 순례자처럼 산에 오르기 때문에 그들의 힘은 곧 부드러움이고 그들의 강인함은 보기 드문 세심함이다.

5장

한 목동의 일기: 사흘

전화벨이 울렸고 존이었다. "모리스가 갑자기 그만뒀는데 일할 사람이 없어요. 짐 싸요. 양 치러 갑시다." 나는 그의 트레일러하우스로 걸어갔다. 그는 초조하게 담배를 피우며 내가 짐 챙기는 모습을 지켜보았다. "그래도 경험도 쌓였는데 양 치는 일 좀 알겠어요?" 그가 장난스럽게 물었다. "그럴 리가." 나는 진지했다. "그런데 이미 늦었소. 하면서 배워요. 그리고 위에 전화기 없는 거 알죠?"

그는 새벽 5시에 암말 한 마리와 보더콜리 한 마리와 함께 산중턱에 나를 내려놓았다. "내가 마지막으로 봤을 때는 양들이 언덕으로 올라가고 있었어요." 그가 주름처럼 접힌 건조한 황무지를 가리키며 말했다. "당신 마차를 3킬로미터 정도 앞으로 끌고 갈게요. 양들이 보일 겁니다. 산을 올라가서 분홍색 바위에서 왼쪽으로 꺾은 다음 계속 올라가 봐요. 녀석들 데리고 오는 거 잊지 말고."

아침. 세이지 향기, 햇살, 새소리, 시원한 바람. 여기가 어디인지, 가장 가까운 포장도로가 어디인지, 양을 어디서 찾아야 하는지 전혀 알 수 없다. 모든 쪽으로 길이 나 있어서 가장 길다운 길을 따라간다. 말은 세이지브러시 사이로 길을 만들며 간다. 나는 개를 보며 걷는다. 몇 마일을 걷는다. 아무것도 없다. 말과 개의 양쪽 귀가 바짝 선다. 개는 무언가 묻고 싶은 듯한 얼굴로 나를 빤히 본다. 그때 저 멀리서 양떼가 보인다.

양들을 빠르게 몰아야 하나 아니면 느리게 몰아야 하나? 강의 어디쯤에서 건널까? 다 분홍색인데 어떤 분홍색 바위를 말하는 거지? 마치 초보 엄마가 된 것 같다. 이 초보 엄마는 자신을 경멸하듯 쏘아보고 등을 돌리면 바로 문제를 일으킬 듯한 사춘기 자식 같은 양 2천 마리를 돌보아야 한다. 양들을 한 군데로 모아 개가 몰도록 하고 싶은 마음이 굴뚝같지만 양들이 각자 퍼져서 풀을 뜯게 한다. 봄철 목초지에는 풀이 부족하기 때문에 양들은 뿔뿔이 흩어져 풀을 뜯는다.

계곡으로 올라가다 보니 뜻밖에도 석유 굴착 장치와 유출 방지 펜스가 있었다. 왜 아무도 미리 알려주지 않았나. 장난꾸러기 양들은 검은 오일을 뒤집어쓰고 나타난다. 이 장애물에서 겨우 벗어나서 마차를 찾기 위해 앞으로 달렸다. 솔직히 마차를 다시는 찾지 못할까 봐 겁이 나지만 그저 양들은 나를 따라 산길을 올라올 것이라는 믿음만 갖고 움직인다.

"어디까지가 우리 땅이에요?"

"우리 땅?" 존은 잠깐 혼란스럽다는 표정을 지었다. "그레텔, 여기 모두 한 양떼 목장 땅이에요. 50킬로미터에서 65킬로미터까지다요. 애들이 가고 싶은 데로 가게 내버려둬도 돼요."

다음 능선에서 내가 사용할 마차를 찾았다. 전통적인 목동 마차로 둥근 지붕에 작은 나무 화로가 있고 뒤쪽에 침대가 있으며 빌트인 벤치와 서랍이 있다. 고무바퀴와 긴 연결대 때문에 이동이 간편하다. 캠프 관리인은 2주에 한 번 정도씩 마차를(근래에는 픽업트럭으로 끌지만 예전에는 팀원들이 끌고 왔다) 캠프에서 캠프로 옮겨주면서 사료나 식량을 채워준다. 양떼가 다시 나타나 내 쪽으로 오며 풀을 뜯는다. 나는 양들이 말에게 가까이 오지 못하게 보호한다. 개는 그늘을 찾아 뛰어가더니 아픈 발을 핥는다. 마차의 위아래로 나뉜 이중문을 통해 남동쪽 계곡의 긴 틈새가 보인다. 이대로 북쪽으로 달리면 하루 안에 몬태나까지 갈 수 있다. 다음 주에는 동쪽으로 빅혼까지 이어지는 80킬로미터 트레일을 시작해야 한다.

하지 사흘 전, 먹고 자는 시간을 제외하고 깨어 있는 모든 시간을 야외에서 보낸다. 날씨라는 파도가 낮을 보내주었다가 다시 가져간다. 매일 밤 살쾡이 한 마리가 적당한 거리의 바위 위에 앉아 나를 지켜보고 있다. 헬륨을 가득 넣은 것 같은 둥그런 보름달이 구름 사이로 순항하다가 벼랑 끝의 바위 뒤로 종적을 감춘다. 종이로 오려 만든 듯한 깔끔한 모양은 아니지만 달은 잘 익어서 찬란히 빛난다. 금성이 불쑥 나오더니 북극성도 따라 나타난다. 잘 시간이다. 양들은 잠자리에 들었을까? 말을 타고 가서 다시 한번 확인해 볼까?

아침이다. 푸른 새벽은 코요테의 울음소리와 함께 찾아온다. 암양들은 노인처럼 에헴 하고 목청을 가다듬으며 일어난다. 어린양들은 풀잎 앞에서 접힌 귀를 흔들더니 그 풀잎을 훌쩍 뛰어넘어 간다. 산속에서 양을 친다고 하면 사람들은 묻곤 한다. "산에서 하루 종일 뭐해요? 심심해서 죽는 거 아닌가?" 그런데 직접 겪어본 사람의 입장에서는 오히려 반대다. 산 위에 모든 것이 너무 너무 많다. 그것들의 속도와 내 속도를 조절할 수가 없다.

계곡을 내려갈 때 양들은 앞쪽에 밀집한 무리를 따라 움직이다가 갑자기 돌아선다. 카드가 쌓인 것처럼 나란히 바짝 붙어 서 있었기 때문에 한꺼번에 쓰러지는 건 아닌가 싶지만 자연스럽게 방향만 바꾸고 제멋대로 흩어져 풀을 뜯기 시작한다. 나는 마을의 시내를, 존의 트레일러하우스를, 단정하게 깎아 놓은 그의 잔디밭을 생각한다. 정리 정돈과 일에 대한 그의 광적인 집착과 그와 일꾼들과의 느슨한 한담, 침대 위에 엉망으로 쌓아놓은 내 책과 메모들, 이른 아침 어둠 속에서 담배를 피우고 커피를 마시며 해가 떠오르길 기다리는 존의 뒷모습도 생각한다.

간단하게 식사를 하고 다시 양들에게 서둘러 돌아간다. 양들이 모두 사라져버리고 목장에서 쫓겨나고 존의 무시무시한 형벌과 비난이 날 기다리고 있을 것이다. "이럴 줄 알았소. 손대는 것마다 다 망치는군." 다행이다. 양들이 있다. 양들에게 눈을 뗄 수가 없다. 양들은 수천 개의 발들로 산비탈을 마비시키면서, 납작하게 뭉쳐져 마치 착륙하기 위해 지구를 스캐닝하는 비행접시처럼 움직인다.

천둥 번개가 찾아온다. 양들이 점점 올라가더니 제발 넘어가지 않길 바라왔던 산비탈까지 갔다. 개와 말과 나는 산꼭대기까지 올라가서 그들을 덮쳐서 소리 질러 끌고 내려온다. 양들이 먼저 내려가고 말은 영리하게도 나를 방풍막으로 사용한다. 번개가 사라졌다가 다시 나타난다. 빨리 내려오려 하는데 고삐를 잡고 있는 팔이 마치 안이 텅 빈 나무토막처럼 느껴진다. 무감각하다. 이 모든 생생함 속에서 나는 무감각하다. 나는 내 삶 안에 온전히 들어와 있는 것 같지 않다.

다시 비탈길로 내려와 양들을 데려오라고 개를 '멀리 돌려보내'지만 개는 자기만의 법칙을 새로 만들더니 새끼 양 한 마리를 쫓아

절벽까지 몬다. 쫓기던 새끼 양은 개울 반대편 바위에 몸이 거꾸로 끼어버렸다. 저 양을 찾아오려면 20분이 걸리고 나머지 양들은 이미 앞서 가고 있다. 이번에도 무감각이 찾아오는데 이 무감각은 목 안쪽에서 손목이 뒤틀리는 느낌이다. 한 그루 소나무가 휘파람을 불고 소나무의 뾰족한 잎들은 마취제가 되어 나를 잠재운다. "자연에는 보상도 징벌도 없고 오직 결과가 있을 뿐이다." 누가 한 말인지는 모르겠다. 나는 계속 말을 타고 달린다.

양 한 마리가 죽었다. 그 양은 다시 태어날까? 무엇으로? 양의 뒷발을 입으로 찍으면서 도살장으로 몰고 가는 개로? 나는 돌아본다. '죽었던' 양이 몸을 부르르 떨더니 절벽의 바위를 훌쩍 뛰어가 제 어미를 찾는다.

두 가지 모두 공포이다: 깨어 있기와 잠들기.

하루 종일 구름이 비투스 산맥에 걸려 있다. 바람 피할 곳을 찾아 마른 개울 바닥을 따라 안전해 보이는 동굴 입구로 간다. 내 앞에는 무언가 툭 튀어 나와 있다. 죽은 개구리 시체인지 발목을 포개고 바위에 기대 누워 있다. 만화에서 이 포즈는 개구리의 휴식 포즈 아니었나. 이 개구리의 피부는 종이처럼 얇고 입은 비명을 지르려는 듯 벌어져 있다. 개구리에게 다가간다. "너무 늦었구나. 넌 이미 죽었는걸!"

핸드크림이나 모자를 가져오지 않아서 태양은 동상처럼 나에게 박힌다. 개, 말, 내가 한 팀이 되어 바람을 막는 요새가 되어주는 세이지브러시 사이를 헤쳐 나간다. 양의 진드기가 내 벗겨진 피부에 달라붙는다. 개는 오줌을 싸고 물웅덩이에서 혼자 물세례를 하고 있다. 머리까지 푹 담그고 빗줄기를 할짝할짝 핥아먹는다. 물웅덩이에서 나와 흙먼지 위에 구르다가 세이지 나뭇가지와 토끼털을 자기 코트인 털에 꽂아 분장을 하고 나타나자 셰익스피어 시대 개가 되었다. 내 머리 위에는 유전oil wells이 산등성이에 보석처럼 박혀 있고, 하늘을 향해 커다란 성기처럼 뻗은 펌프들은 독특한 스카이라인을 만든다. 솟아라 유전이여, 솟아라, 검은 수프를 채취하는, 만족을 모르는 드론이여.

계곡이 항공기라면 우리는 동체를 걷고 있다. 방울뱀 한 마리가 다른 쪽으로 지나간다. 뱀이 많다는 경고는 들었지만 워낙 내 발에 가까이 있어서 나는 그날 내내 폴짝폴짝 뛸 수밖에 없다. 옛 양떼 캠프에서 통조림 쓰레기들을 발견한다. 빈 스팸 통조림이 바닥에 납작하게 깔려 있는데 캔을 따는 열쇠는 마치 내 무덤을 열 준비가 된 것처럼 튀어 나와 있다.

폭풍이 지나자 태양이 다시 나왔다가 사라졌다. 긴 협곡에서 어린양들은 생기 있게 뛰어다니고 작은 여단을 이루어 한쪽으로 돌진했다가 다른 쪽으로 돌진한다. 엄마 양들은 지루한 표정으로 구경만 한다. 어린양들의 놀이가 끝나면 양떼들은 목장주들이 좋아하는 방식으로 넓게 흩어진다. 여기저기서 어미만 한 덩치의 어린양들이 무릎을 꿇고 같이 흔들고 싶어질 정도로 엉덩이를 씰룩대면서 어미의 젖을 길게 빤다.

밤이다. 쏙독새가 울부짖는다. 종달새들은 고개를 뒤로 젖히고 황홀한 노래를 연달아 부른다. 마차 안에서 내 얼굴을 볼 수 있을 만큼 큰 거울 조각을 발견했다. 갈라진 입술에서 피가 흐르고 각다귀들은 내 귀를 갉아먹었다.

양떼를 몬다는 것은 2단 기어와 후진 기어 사이 어딘가에 있는 새로운 인간 기어의 발견이라 할 수 있다. 열심히 걸어야 하긴 하는데 절대 속도를 내면 안 된다. 이런 날에는 동요나 흥분이 없다. 하지만 물웅덩이에서 물웅덩이로, 캠프에서 캠프로 끝없이 이어지는 양들의 이동은 어떤 형태의 갈망이 되기도 한다. 하지만 무엇을 향한 갈망일까?

목장에서 일하는 다른 목동 열 명은 양떼를 몰고 빅혼 산맥의 여름 방목지로 떠나기 시작한다. 지구는 둥글기 때문에 나보다 한참 앞서 가고 있는 그들이 시야에 나타나지는 않는다. 외팔이 레드, 그레이디, 에드가 있겠지. 자기 캠프 근처에서 말 타고 있는 나를 보면 언제나 파이를 구워주는 밥이 있다. 누더기 패션의 프레드도 있다. '애정결핍 앨버트'도 있고 루디, 버사, 에드가 있다. 마지막으로 더그가 있다. 염소, 수탉, 망아지, 개들로 서커스단을 꾸려 여행을 다니는데 겨울이면 이 보모들 중에 하나와 함께 따뜻하게 잔다고 한다. 내가 가장 끄트머리에서 따라가고 있는 이 평화로운 오합지졸 부대는 초원을 가로질러 같은 곳을 향해 간다.

하루가 간다. 풀의 떨림 하나하나가 중요해진다. 풀에게 생명을 주는 습기는 마치 공기 안에 흐르는 강 같다. 스라소니가 밤마다 나타나 보초를 선다. 개는 얕은 잠을 자면서 코요테를 쫓는 꿈을 꾼다. 나는 말을 타고 양떼에게 가본다. 짙푸른 색의 텅 빈 하늘. 그리고 텅 빈 심장. 햇볕에 탄 얼굴은 얼룩덜룩한 갈색이다. 거울 안에는 피부가 또 한 겹 벗겨진 내가 있다. 비행기 한 대가 머리 위로 지나간다. 아마도 정부 수송기일 것이다. 나는 손을 흔들어 보지만 비행기는 속도를 내며 사라진다.

내일이 왔다. 존의 트럭 소리가 들리고 내가 그를 보기도 전에 선반이 삐걱거리며 먼저 말을 한다. 그와 나 사이의 거리를 좁히기에는 긴 시간이다.

"안녕하세요?"

"잘 있었어요?"

그가 돌아서는데 나에게 보이고 싶지 않은 듯한 어떤 상냥한 표정이 그의 얼굴을 스쳐간다.

"내일은 더 높은 곳으로 올라갑니다. 양들을 이 계곡 끝으로 데리고 갔다가 물을 먹여요. 거기 나무가 있을 거요. 그 길 옆에 내가 마차를 설치하지."

"길이라면 어떤 길이요?" 나는 소심하게 묻는다.

그제야 그가 나를 똑바로 본다. 그는 웃음을 억누르려다 조급하게 말한다.

"고생길이지 뭐."

나는 말을 타고 양떼에게 달려가지만 벌써 한낮의 태양이 이글거리고 있다. 양들을 몰기에는 너무 늦었다. 양들도 반항하는 듯 그늘 밑으로 들어가고 머리는 자기들끼리 꼬여서 양털 우산이 되었다. 산 정상 쪽에서 고함소리, 돌을 던지는 소리가 들린다. 존이 양떼를 다시 움직이게 하려는 것이다. 풀풀 날리는 먼지 속에서 우리는 양들을 길 위로 내몰고 경사가 급한 구덩이 가장자리를 지나 평평한 땅으로 올라오게 한다.

드넓은 대지가 펼쳐져 있다. 탁 트인 정경. 양들이 신이 나서 뛰어다닌다. 모든 방향에서 160킬로미터까지 멀리 볼 수 있다. 존을 따라잡은 후 말에서 내린다. 우리는 서로 마주보고 있다가 재빨리 포옹한다. 존은 나를 격하게 안았다가 세차게 떼어내고 부츠로 모래밭의 흙을 툭툭 친다.

"시내에 가보려고 하는데. 뭐 필요한 거 없어요?"

"글쎄요⋯⋯. 괜찮은데⋯⋯. 모자?"

그는 돌아서서 긴 다리로 뚜벅뚜벅 평지를 가로지른다. 그의 픽업트럭은 멀리 있고, 그가 트럭에 오르려 할 때 맥주 캔 하나가 바닥에 떨어진다. 그는 마을을 향해 달려가고 그의 차에서 흐르는 라디오 소리가 들린다. 그의 트럭 뒤로 먼지가 이브닝 가운처럼 펼쳐진다. 먼지는 한순간 아무렇게나 날다가 익숙한 길로 여유를 부리며 떨어진다. 내 심장까지 닿는 그 실타래 같은 길로.

6장

친구, 적 그리고 일하는 동물들

한때 몽유병이 있었다. 바다표범이 울음소리를 내면서 야광 빛을 내는 파도 속에서 놀고 있을 것만 같은 맑은 날 밤에 나는 창문으로 기어 나가 마구간에서 잠을 잤다. 어디선가 들어본 '야생아' 이야기들이 기이하게 느껴지지 않았는데 나도 그중에 하나가 아닐까 하는 생각도 들었다. 말하기를 거부하고 바닥에서만 잤으니까. 원래 도시 사람이었던 나는 귀촌이니 귀농이니 하는 유행에도 관심 없었고 와이오밍으로 이사 온다는 건 꿈에도 생각해 본 적 없었다. 하지만 뜻밖에도 와이오밍에 와서는 몽유병자의 세계가 내게 다시 찾아왔다. 내가 다시 자다가 벌떡 일어나 걸어 다닌다는 의미가 아니라 —그 정도의 불안 증상은 사라졌다—내 안에 있는 동물성이, 동물과의 친밀감이 다시 돌아왔다는 의미다. 목장에서 생활하고 일하면서 나는 새로운 방식으로 이곳에 연루되었다. 내 손에 피가 묻어 있고 내 목에서 나오는 소리는 인간이 평소에 내는 소리가 아니다.

우리를 쳐다보는 동물의 얼굴은 언제나 한결같고 지친 기색이 없지만, 우리는 동물에게 우리의 몸을 맡기고 문명의 시련과 고난까지 짊어지게 한다. 우리는 동물 앞에서 겸허하면서도 거만하게 군다. 우리는 서로의 생명을 구하는 동지다. 아침에 우리가 수렁에서 건져준 말이 오후에는 누군가를 내동댕이쳐 버리기도 한다. 양몰이를 거부하던 목양견이 다른 초원으로 소를 데려가다가 깜빡하고 놓고 온 송아지를 데려오기도 한다. 우리가 폐렴을 치료해 준 암소가 낭떠러지에서 자기가 낳은 송아지를 떨어뜨리기도 한다. 어두운 밤 우리를 안전하게 집으로 데려다준 말이 다음날 우리 엉덩이를 걷어차 버리기도 한다. 이런 일은 계속되고 또 계속된다. 우리 안의 완고하고 음험하고 멍청하고 예민한 면이 동물들 안에 있는 똑같은 기질과 부딪친다. 동물들의 탄생과 죽음은 인간의 탄생과 죽음만큼이나 돌발적이고 갑작스러운데, 목장 주인들은 기본적으로 식량 생산자들이기에 양육이라는 성배에 무릎을 꿇으면서도 그들의 살과 피를 먹는 성찬식을 거행한다. 이 기묘한 연대 안에서 불필요한 것은 모두 뺄 날 것의 연민이 생겨난다. 이 연민에는 우직함과 경외심은 있지만 감상성은 엄격하게 배제된다.

서부 사람들이 번드르르한 느낌의 전형적인 도시인들을 '외부인'으로 여기며 경계하는 이유 중 하나가, 그들이 동물을 사람들보다 낮은 존재로 여기는 태도 때문이기도 하다. "저 사람들은 뭐가 그렇게 잘나서 자기들이 우리 말보다 더 똑똑하다고 생각하는 거지? 그 사람들 하는 짓거리 보면 우리 말보다 나을 것도 없던데." 한 카우보이가 내게 말했다. "저치들은 스테이크야 좋아하지, 도축하는 걸 도와달라고 하면 손사래를 칠걸. 그 사람들이 키우는 뒷마당 말들은 얼마나 버릇없는지 말도 못 해. 그렇게 말을 키우니까 말이 하라는 일은 안 하고 자기 하고 싶은 대로 하고 돌아다니지. 우리는 알지만 도시 사람들 자체가 덥고 피곤하고 더러운 거 못 견디잖아요. 그러니까 왜 말이 일을 안 하려는지 이해를 못 해요."

목장에서 어미 소는 송아지를 낳아야 하고, 황소는 농사 일을 해야 하고, 사육견과 역용마[1]는 야망, 영리함, 진심을 보여줘야 한다. 그렇지 못하면 팔리거나 총살당한다. 하지만 이러한 상호의존 관계를 성급하게 무시해서는 안 된다. 동물의 침묵은 공간을 정화시키는 힘이 있다. 우리는 마음의 작동에 쉽게 속아 넘어가서 아직 나오지도 않은 결과로 우리의 불행을 계산한다. 그러나 동물은 우리를 현재에 붙들어 놓는다. 그들에게 지금 이 순간의 우리가 우리의 과거와 은행 계좌보다 중요하다. 동물에게 확연히 드러나는 것은 우리의 감정 이력서에 차곡차곡 쌓인 여러 장식적인 감정들이 아니라 우리 안의 기반과 기류, 즉 공격성, 두려움, 불안감, 행복, 평정심이다. 동물은 나도 모르게 드러내는 습관성 행동과 냄새를 읽을 능력이 있기에 우리는 그들에게 매우 투명한 존재들이며 쉽게 노출된다. 다시 말해 우리는 동물 앞에서 마침내 우리 자신이 된다.

동물과 함께 살다 보면 지능에 대한 개념까지 재정의하게 된다. 말은 진중하고 믿음직스럽기도 하지만 그만큼 장난꾸러기 같은 면도 많다. 우리가 이용할 수 있을 정도로 아둔하나 우리를 방심하게 할 만큼 교활하다. 말의 충성심에 대가를 치러야 할 때도 많다. 말은 고집도 세고 잡기도 어렵고 편자를 신기거나 서리가 내린 아침에 안장을 채우다가 다칠 수도 있다. 그 대신에 그들은 소들을 떼어 놓기 위해 거품을 물며 달려드는데 인간의 칭찬을 받기 위해서가 아니라 딴 길로 새는 송아지나 수소를 따라잡으며 승리감에 도취되기 위해서다. 말 무리 안에서도 무법자들은 무시무시한 별명을 얻기도 한다. 회색 몸체에 적갈색 갈기의 말은 본크러셔bonecrusher, 흑갈색

---

1 마차나 수레 따위를 끄는 말.

말은 위도메이커widowmaker라고 불리기도 한다. 재능 있지만 자기만의 방식을 고집하는 말들도 많다. 소들에게 올가미 던질 때 타는 말은 고삐에 묶이는 걸 좋아하지 않아 사람이 뛰어내리자마자 머리를 문질러 굴레 끈을 빼버리고 재갈을 입에서 뱉어버린 다음 마치 기둥에 묶어놓기라도 한 것처럼 그 자리에 서서 꼼짝하지 않는다. 목동 옆에서 일하는 말은 친구처럼 다정다감해지기도 한다. 마차에 들어가 쿠키를 꺼내려고 하면 마차에 얼굴을 들이밀기도 하고 개 사료를 맛있게 먹기도 한다. 내가 아는 한 목동은 침실 슬리퍼를 신고 헐렁한 추리닝 차림으로 자기 말 목에 끈만 대충 두른 채 여름 내내 타기도 했다. 매일 말과 목동이 각각 샌드위치 두 개와 맥주 한 캔을 먹으며 피크닉을 즐기기도 한다.

개는 말보다 삶의 충격과 흐름을 보다 더 예민하게 받아들인다. 목장주들은 대체로 가축견인 레드 힐러, 보더콜리, 호주 셰퍼드, 켈피 등을 키우는데 그중 소 농장에서 선호하는 힐러는 작은 근육질의 개로 머리가 크고 털은 짧은 청회색이다. 흉부가 넓고 깊어 마치 경주마처럼 단거리를 전속력으로 달릴 수 있고 폐활량이 풍부해 고지대에서도 일할 수 있다. 본능적으로 소를 움직이게 할 수 있는데 소들에게 짖지 않고 소의 발꿈치를 물어서 보낸다. 이 가축견들의 독특한 점은 인간을 향한 뛰어난 대응성이다. 우리는 큰 소리로 명령하지 않고 속삭이며 지시하는데 그들에게는 주인을 기쁘게 하고 싶은 확고한 욕구가 있어서 소를 쫓다가도 순식간에 되돌아온다. 이 개들에게 언어는 아무런 장애물이 아니며 매우 빨리 습득한다. 이중 언어를 하는 개들도 많아 스페인어와 영어를 모두 알아듣는다. 어떤 개들은 이름 외우는 데 천재다. 무리 여행에서 나의 개는 말 열 마리의 이름을 모두 외웠고 이후 몇 년간 말과 이름을 연결시킬 수 있었다. 한 친구는 소몰이 개에게 말의 안장에 올라타는 법을 가르쳤다. 그 개는 앞발로 말의 목을 잡고 소들을 굽어보면서 주인의 명령을 기다리다 땅으로 뛰어내려 송아지를 데려오거나 무리 전체를 돌리곤 했다.

나의 개는 양 마차 밑에서 태어났다. 꼬리가 짧은 블루 힐러 켈피 종이다. 19세기 호주에서 개량된 켈피 품종은 딩고[1]라고도 불리지만 조상의 일부는 스코틀랜드 양치기 개다. 태어날 때부터 가축견으로서의 특징이 명백히 드러나지만 재능이 있는 모든 존재들이 그렇듯이 훈련을 받을수록 능숙해진다. 개 훈련소에 따로 가진 않고 서로를 통해 배운다. 내 개 같은 경우 양떼 캠프에서 살고 선배 노견과 함께 다니며 양떼 주변에서 무슨 일을 해야 하는지 익혔다. 어떻게 양떼를 돌리고 길 잃은 양들을 데려오는지 배우고 자기가 필요하지 않을 때는 말 뒤에 서 있어야 한다는 것을 알게 되었다.

양몰이 개는 소몰이 개보다는 온순해야 한다. 양은 겁도 많고 본능적으로 개를 두려워하지만 어미 소는 자기 송아지에게 접근하는 개에게 덤벼들기도 한다. 켈피나 보더콜리나 호주 셰퍼드가 몸을 웅크리고 있는 이유는 겁이 많기도 하지만 양들의 눈에 띄지 않도록 몸을 낮추는 법을 배워서다. 이들의 뾰족한 귀와 잘생긴 늑대 같은 얼굴은 코요테와 닮아 섬뜩하기도 하다. 하지만 양들과 일하려는 본능은 양을 사냥하려는 본능이 다듬어진 것뿐이기에 때로는 양에게 다가갈 때 혀를 날름거리기도 한다.

러스티는 양떼 캠프에서 2년 동안 견습 생활을 마친 후에 나와

1 dingo. 오스트레일리아산 들개.

함께 집으로 왔다. 러스티는 자동차를 한 번도 타본 적이 없어 오는 내내 차멀미를 했고 나와 함께 집에 살면서 많은 첫 경험을 해야 했다. 변기 물을 내리면 문 밖으로 뛰어 나가는가 하면 텔레비전 영상을 핥으려고 하고, 전화벨이 울리면 내 무릎에 뛰어 올라 머리를 팔에 묻곤 했다. 러스티는 암양과 새끼 양을 봄 방목장으로 데려온 4월에 다시 양들과 합류했다. 두 번째 생일에는 말을 따라 320킬로미터를 걸어와 자신이 태어난 산 정상으로 돌아가 보기도 했다.

개는 사람의 마음과 지도를 읽을 줄 안다. 헨리 3세의 그레이하운드는 스위스에서 파리까지 왕의 마차를 추적했고 어떤 개는 1차 세계대전 중 참호에서 자기 주인을 찾아내기도 했다. 개는 사람들의 왕래와 동정도 알고 미래에 대한 예지력도 있는 것 같다. 한 목동이 죽기 전날 밤, 평소 얌전하던 그의 푸른색 힐러가 오후 내내 공포에 질려 창문을 긁어대면서도 밖에 나가지 않으려 하는 등 이상 행동을 했는데 다음날 그 목동 키스는 부엌 바닥에서 죽은 채 발견되었고 개는 마치 주인의 사망 원인인 심장을 보호하듯 가슴 위에 서 있었다.

우리는 이렇게 사적으로 접하는 동물은 소중히 여기지만 무리지어 다니는 동물은 부당할 정도로 함부로 대하기도 한다. 콘라트 로렌츠[2]는 익명의 무리 동물들을 최초의 사회로 보면서 이들의 단체 생활은 초기 중세의 도시와도 크게 다르지 않다고 생각했다. 무리는 침략자로부터 개인을 보호하는 방어벽의 역할을 한다. 무리 동물은 민주적이고 비위계적이다. 와이오밍의 지형은 매우 방대하기에 무리의 보편성을 알아보는 데 적합하기도 하다. 1,500마리의 양

---

2 Konrad Lorenz(1903~1989). 오스트리아의 동물학자·동물심리학자.

떼는 하나의 물줄기처럼 드넓은 지역을 가로질러 간다. 양들을 울타리에 가두는 것은 곧 그들과 겨루는 것과 같다. 양떼 한가운데로 걸어가면 마치 사람은 개울의 바위가 된 것처럼 양떼는 사람 주변을 따라 흐른다. 소는 언덕을 내려오면서 풀을 뜯지만 양은 언덕을 올라가면서 풀을 뜯어서 양떼를 멀리서 보면 마치 커스터드의 크림이 부풀어 오르는 것 같다.

소는 집단생활에 대한 적응력이 양에 비해 떨어지고 무리 짓기 습성이나 자율성도 떨어지는 편이다. 길게 이동할 때는 한 줄로 가거나 소규모로 이동하는데, 그러다 한두 마리가 갑자기 무리를 이탈하며 개별 행동을 하기도 한다. 카우보이가 목동보다 더 고된 직업으로 여겨지는 이유이기도 하다. 카우보이는 긴 타원형의 어딘가에 위치를 지정받고 교통경찰처럼 소를 안내한다. '선발 ride point'에 있는 사람들이 일종의 리더로, 이들은 소떼의 경로를 책임지고 선두를 이끌고 산등성이를 오르고 시내를 따라 내려가고 다른 소떼의 수소나 황소를 쫓아내기 위해 질주했다가 재빨리 돌아와 긴 대열의 속도를 확인해야 한다. 뒤쪽에 위치한 카우보이들은 '후발 ride drag'로, 그들은 소를 밀고 낙오자와 탈주자를 불러오고 동물들이 내는 온갖 달고 쓴 냄새들을 들이마시며 가야 한다. 세이지, 사료용 풀, 우유, 가죽 먼지 덩어리가 합쳐진 냄새다.

인간과의 교제에서 그리운 점들을 야생 동물들과 가까이 접촉하면서 보충할 수 있다. 이 기분파 동물들의 현란하고 변덕스러운 행동은 인간들의 모습과 너무나 닮았고, 그들의 불완전한 사회도 인간 사회와 비슷하다. 한번은 발정기의 큰뿔양 수컷이 나무 주변에 있는 암양을 한 시간 내내 졸졸 따라다녔다. 마침내 암양을 붙잡아 올라탔지만 숫양의 뿔이 낮은 나뭇가지에 걸려 그만 암양에서 풀썩하고 떨어지고 말았다. 암양은 바로 더 젊은 숫양과 도망쳐 버렸다. 마지막으로 그 둘을 보았을 때 암양은 빽빽한 버드나무 숲으로 향하고 있었고 늙은 숫양은 여전히 미로 같은 숲을 들여다보며 암양을 찾고 있었다.

겨울이 오면 개체 수가 급격히 감소한다. 개구리, 프레리독, 방울뱀, 토끼가 땅 속으로 숨고 우리보다 사는 요령을 잘 아는 청둥오리와 붉은쇠오리와 다양한 명금류는 남쪽으로 날아간다. 어느 겨울, 여름에 꽃향기를 맡으며 노를 저었던, 그러나 지금은 꽝꽝 얼어붙은 호수에서 코요테 한 마리가 새끼 사슴을 끌고 내려왔다. 먼저 코요테는 새끼 사슴 위로 뛰어올라 뒷다리를 잡더니 새끼 사슴이 달릴 때도 매달려 있었다. 호수를 건너는 도중에 새끼 사슴은 픽 쓰러졌고 코요테는 그 즉시 급소를 노렸다. 사슴은 1분 만에 죽었다. 코요테는 오늘의 수확물을 보고 기쁨을 감추지 못하며 얼음 위를 느긋하게 끌고 다니다가 옆에 누웠고 자신의 은빛 털로 사슴의 털을 다정하게 쓰다듬더니 잡아먹었다.

해발 1,800미터에 위치한 이곳에서는 늦봄인 6월에 암컷 엘크가 어미가 되어 자식 자랑에 나선다. 태어난 지 하루된 새끼를 목장 바로 위 언덕으로 데려와 우리에게 구경시킨다. 새끼 엘크는 사슴과 비슷하지만 몸집이 더 크고, 너무 어리기 때문에 일어나다 비틀거리며 넘어진다.

더운 여름날에는 뱀과 벌레들이 기승을 부린다. 전체 동물 종의 80퍼센트가 곤충이라고 하는데 개미만 6천 종이고 소리 내어 우는 곤충이 1만 종이라고 한다. 우리 호수를 경유지로 이용하는 야생 오리처럼 벌레들도 계절에 따라 왔다가 사라진다. 모기는 가장 일찍 와서 늦게까지 머물고 검은 파리, 각다귀, 붉은 개미와 검은 개미, 말벌이 그 뒤를 따라 사라진다.

왜 지구상에는 그렇게 많은 곤충이 존재할까? 생물의 역사를 되짚어 봐도 답은 나오지 않을 것이기에 나는 그저 곤충들의 냉철하고 독창적인 생활력을 보며 만족할 뿐이다. 겨울에 개미들은 땅굴을 파고 들어가 지하에 위치한 궁전에서 아늑한 생활을 영위한다. 개미의 난방 시스템은 독특하다. 일개미는 땅 위로 올라가 태양열 집열기 역할을 하다가 수시로 내려와서 지하에서 열을 발산한다. 일개미는 봄을 바로 알아차리는데 갑작스러운 체온 상승으로 계절의 변화를 실감하고 다시 지상으로 올라와 살 준비를 한다.

가뭄이 심한 해에는 방울뱀들이 활개를 친다. 알팔파 밭에 물을 대고 채소를 수확하기 전에 삽을 갈 때는 늘 산탄총을 소지해야 한다. 방울뱀은 열 감지 센서가 있어 따뜻한 쪽으로 움직인다. 한번은 옷을 벗고 일광욕을 하다가 잠깐 낮잠이 들었는데 뱀의 납작한 머리가 나를 향해 비스듬히 움직였다. 새로 들인 가축견은 운이 좋지 않았다. 이미 강아지 때 한 번의 여름에 세 번이나 뱀에 물린 적이 있었다. 처음 물렸을 때는 건초 밭을 비틀거리며 가로질러 나에게 와서 무릎을 꿇고 쓰러졌는데 눈동자는 뒤로 넘어가고 몸은 떨고 있었다. 동물이 뱀에 물렸을 때는 사람과 똑같은 치료법을 쓰면 된다. 가능한 한 빠른 시간 내에 병원에서 고가의 항혈청 주사를 맞으면 된다. 나는 개를 안고 800미터를 달려 픽업트럭에 태웠다. 마을까지 50킬로미터를 운전해 갔을 때 개의 머리와 목은 무섭게 부풀어 있었지만 이틀 후에는 다시 소의 발뒤꿈치를 밟고 있었다.

가을이면 야생동물들이 산에서 내려온다. 엘크와 사슴이 이동하면서 우리 집 앞마당을 지나가고 우리 집 위의 가파른 산자락에서는 퓨마와 흑곰이 겨울을 나기 위해 자리를 잡는다. 어젯밤에는 베란다에서 잠을 자고 있는데 접시 부딪치는 소리가 나서 일어나보니 수사슴 두 마리가 내 침대 앞에서 스파링을 하고 있었다. 밤늦게는 고슴도치 한 마리와 그 새끼가 뒤뚱거리며 거실을 지나갔다. "미이… 미이… 미이……." 어미가 새끼에게 빨리 좀 걸으라고 계속 잔소리를 했다. 자정부터 새벽까지는 수컷 엘크의 나팔 소리를 들었다. 처음에는 호루라기 소리 같기도 하고 작은 돌고래가 술에 취해 노래하는 소리 같기도 하더니 나중에는 코끼리가 나팔 부는 소리를 냈다. 며칠에 한 번씩 고양이의 비명 같은 소리가 깨우기도 했는데 사과나무에 웅크린 살쾡이였다.

살쾡이는 몸무게가 9킬로그램 정도로 작은 몸집에 꼬리는 짧고 뒷발은 토끼처럼 길며 1년에 두 번 새끼를 밸 수 있다고 한다. 한 카우보이가 이런 표현을 쓰는 것을 들었다. "그 여자는 살쾡이 자루보다 더 약아빠졌더라고요." 전날 밤 술집에서 만난 여자 이야기였다. 한때 미시시피 강에서 노를 젓던 한 유명한 사공은 자랑한다. "나는 남자 중의 남자. 아무것도 무섭지 않아. 살쾡이와 벼락만 빼고." 프랑스어로 살쾡이는 '야생 고양이 Les chats sauvages'라고 하는데 나는 그들의 야만성이 그들의 곡예 기술보다 더 인상적이었다. 살쾡이는 나무에 있다가 암사슴 위에 떨어지고 어깨에 매달려 넘어질 때까지 얼굴을 할퀴어서 죽일 수 있다. 다시 잠에 들려고 하는데 어디선가 살쾡이 울음소리가 들리는 것만 같았다.

7장

겨울이라는 매끄러운 두개골

이곳의 겨울은 소설 속에나 나오는 장소 같다..단순한 것 같지만 매우 정교한, 극도의 세심함이 돋보이는 나보코프식 문체라고나 할까. 밤낮으로 바람이 울부짖으며 베어투스 산맥에서 시작된 폭풍 전선을 빅혼 산맥까지 밀어 올린다. 바람이 잦아들고 나면 산은 사라져 있다. 우리 집에서 동쪽으로 펼쳐지는 건초 밭의 끝에는 산은 없고 구름으로 된 산뿐이다. 이 구름은 마치 하늘에서 땅으로 돛을 내린 것처럼 하늘을 뒤덮고 있다. 들판을 가로지르던 눈이 돌아서서 내게로, 소들에게로 온다. 하얀 먼지 같은 눈으로 뒤덮인 소들은 마치 서서히 움직이는 빙하들 같다.

시인 셰이머스 히니는 풍경에도 성스러움이 있어 하나의 텍스트로 읽을 수 있다고 했다. 대지는 그 자체로 하나의 본능이라 완벽하고 비이성적이며 기호학적이다. 내가 겨울을 제대로 읽으려면 그건 흰 두루마리 문서에 적혀 있어야 할 것이고, 흰 종이는 펼 때마다 점점 커져 내 양팔 너비만큼 넓어질 것이다. 그 안에서 우리는 말초적이면서 지엽적인 비전, 나보코프가 말한 능력을 얻는다. "정신의 여흥, 우리로 하여금 삶을 배우게 하고 삶이 좋다는 것을 발견하게 해주는, 인생이라는 책에 딸린 각주."

계절의 전환은 감정적인 전환, 이를테면 친구를 잃거나 새로운 일을 시작할 때의 변화와는 다르게 장황하고 돈키호테적이라 별도의 이름을 붙여주어야 할 것 같다. 한 해는 4개가 아니라 8개 정도의 계절로 나뉘어 있는 것이 아닐까.

올해 가을 오리는 마치 알파벳에서 'V'라는 글자를 쏙 빼내 가려는 것처럼 거대한 V를 그리며 하늘을 가로질렀다. 명금류들은 기억 속에 저장된 월동 장소로 가는 길에 오르더니 아무렇게나 둥둥 떠갔는데 마치 내 작업실 책상에 있는, 바람에 날리는 원고들 같았다.

와이오밍의 겨울은 대지를 흰색의 합판처럼 덮어씌운 다음 바람으로 옻칠 작업을 하여 단단히 굳힌다. 옛사람들은 눈보라가 올 때 '암말 꼬리'가 온다고 했는데 눈구름이라는 몸체에서 긴 꼬리 하나가 나오는 것 같다는 말이다. 잭 데이비스는 첫눈이 내릴 때 와이오밍에서 애리조나 남부까지 노새를 몰고 짐을 옮겼던 사람으로, 이렇게 말했다. "첫 눈덩이에 맞으면 신의 탓이고 두 번째 눈덩이에 맞으면 내 탓이다."

사흘에 한 번씩 머리 위로 하얀 초원이 미끄러지듯 활공하다 머리카락 타래 같은 눈을 땅에 떨어뜨린다. 중국에서는 눈 내린 대지를 '백옥산'이라 부른다지만 내게 겨울은 산이라기보다 바다처럼 느껴진다. 눈은 파도처럼 높이 솟았다가 꺼지고, 우리 삶이라는 선체를 세게 때리며 항로까지 바꾸게 한다. 흰 파도가 푸른 파도에 따라잡히고 난로 속 장작은 자매선처럼 망각의 바다 속으로 사라진다.

동지에는 영하 34도까지 내려가고 낮에도 햇빛이라고 할 만한 건 거의 없다. 거만하고 뻔뻔한 북극의 공기가 낸 깊은 상처는 우리 삶의 상처를 눈앞에 들이민다. 코와 발가락과 귀에 동상 반점이 생긴다. 방사선에 피부가 노출된 것처럼 물집이 생긴다. 겨울은 우리 안의 장식적인 것을 모두 걷어낸다. 우리가 느끼는 상처의 일부에서 부드러운 것이 자라기도 한다. 우리 이웃들과의 연대는, 강하든 약하든, 연인이나 친구와의 사이처럼 강해진다. 무시하기에는 사정이 너무 다급하기 때문이다. 도로를 이탈한 픽업트럭을 타고 있는 낯선 이의 언 발을 문질러준다. 음식 다질 때 쓰는 도구와 도끼를 이용해 수극[1]을 열어주고 친구의 얼어붙은 수도관을 녹여주고 목동들에게 장갑과 담요를 가져다준다. 영하 20도나 30도 아래에서는 우리가 주고받는 숨결이 눈에 보인다. 나의 모든 숨결과 당신의 모든 숨결이. 무언으로 친밀감을 표현하기 좋은 방식이다.

　최근에 겪은 겨울은 적설량이 아니라 추위로 역사에 기록될 정도였다. 한 달 동안 수은주가 0도 이상으로 올라간 적이 없었고 밤에는 영하 50도까지 떨어졌다. 소와 양이 제자리에서 얼어 죽었고 퇴근 후에 지름길로 집에 돌아가려던 정유회사 직원은 이듬해 봄에 자기 집 뒷문에서 200여 미터 떨어진 곳에서 동사한 채 발견되었다. 단순히 '눈 속에 갇혔다'라는 말로는 이 사태를 표현할 수 없었다. 어디에서 픽업트럭이 고장 나느냐, 어디에서부터 다리가 움직임을 멈추느냐에 따라 '안에서 얼어붙다' '밖에서 얼어붙다' '위에서 얼어붙다'가 되는 것뿐이었다. 양떼 캠프 관리를 돕던 날에는 차로 8킬로미터나 되는 눈 터널을 통과해야 했다. 그 목동은 자신의 위치를 표시하기 위해 일부러 손가락에 상처를 내어 피로 얼음 위에 커다랗게 X자를 그려놓기도 했다.

1 water gap. 강물에 의해 생긴 협로.

영하 50도가 되면 수은은 바닥을 드러내고 아직도 땅 위에 있는 우리를 비웃기라도 하듯 저 안에서 찰랑거린다. 한번은 까치발을 하고 온도계의 수은주를 들여다보고 있는데 마치 그 안에 연장선이 더 있어 우리의 육체적 불행을 점점 더 높은 숫자로 기록하고 있는 것만 같았다. 영하 90도야. 아니야, 그 밑이 더 있어.

겨울은 우리 안에 기이하게 상반되는 감정을 불러일으킨다. 눈의 벽은 위협적으로 보이지만 우리의 비틀거리는 정신을 보호해 주기도 한다. 이 모든 추위에는 마취 효과가 있다. 맥박이 느려지고 눈이라는 담요가 잠을 몰고 온다. 겨울에는 낮이 짧아 목장주들의 작업량도 줄어들지만 마쳐야 하는 일들은 지독한 인내심을 요구한다. 지구의 갑작스러운 불감증이 우리의 감각까지 빼앗아 버리는 것 같지만 추운 밤의 협동심은, 이를테면 가축 분만은 깊은 동료애를 불러일으키기도 한다. 이곳에서 어두운 유머, 갑작스럽게 터지는 광기, 예상치 못한 분노와 눈물의 폭발로 장식된 이야기가 탄생한다. 와이오밍의 북극 바다 풍경을 상쇄하기 위해서인지 빅혼 산맥 위로 오로라가 춤을 추면서 겨울의 창백함을 더욱 도드라지게 하고, 이런 때 우리 인간은 다양한 둥지와 은둔처로 향하지만 자연은 밝은 도화선으로 자신을 표현한다는 것을, 이 현상은 누구도 억누를 수 없는 자연의 오르가슴임을 상기시킨다.

겨울은 미끄러운 두개골과 같고, 검은 얼음 위에서 우리의 미끄러짐은 뇌에 영향을 미친다. 밀실 공포증을 느끼기 시작하면 두뇌는 뼈에 펌프질을 하고 정신을 혼란하게 만든다. 말 그대로 마음이 마음을 침범해 신선한 공기를 마시지 못하게 한다. 명금류들이 사라지면서 오직 까치, 까마귀, 매처럼 죽은 동물을 먹는 새만 남는다. 까치와 까마귀가 로드킬 당한 사슴을 먹을 때 우리 인간들은 서로에게 약간씩 잔인한 짓을 하기도 한다.

우리는 설맹으로 고통받으면서, 고통이 마음을 희게 비우는 걸 느끼면서 우리가 보고 느끼는 것을 선택하게 된다. 분명 질식할 것 같고 스스로 무지를 주입하지만 이곳에도 원기를 회복하게 하는 힘이 있다. 붉어진 뺨에 눈이 내리고 생각은 새것처럼 깨끗해진다. 겨울 내내 우리는 여름에는 소와 양이 물을 먹던 물웅덩이였던 작은 연못에서 스케이트를 탄다. 이 얼음 위에 예리하고 조금도 방심하지 않으며 엄밀한 마음이 비친다. 생각은 서리처럼 맑아져 우리의 뇌 속을 스케이트 타듯이 미끄러져 지나간다. 겨울에는 의식이 동판화처럼 깊고 세밀하게 보인다.

8장

물에 관하여

이웃에 사는 목장주 프랭크 힝클리는 말 타기보다 논밭에 물 대기를 더 좋아한다. 그는 아홉 살 때부터 아버지의 건초 밭과 곡식밭에 물을 뿌리기 시작했다. 나는 카우보이들이 '밭일'이라고 다소 얕잡아 보는 일에 그가 얼마나 오래 열정을 갖고 임했는지를 보면서 일상의 습관, 즉 집안일이나 농사일이 어떻게 신념으로까지 발전할 수 있는지 이해하기도 했다. 5월에 프랭크를 만났을 때 그는 말라버린 관개용 개울에 서서 산을 바라보고 있었다. 주황색 방수 덮개가 3미터 길이의 기둥에 커튼처럼 매달려 기도문이 적힌 깃발처럼 펄럭이고 있었다. 와이오밍에 사는 우리는 모두 기도하는 자들이다. 매년 봄 기우제를 지내는 마음으로 어서 비가 오고 눈이 녹고 관개용 시내에 물이 콸콸 흐르기를 기다린다. 봄비와 가을비를 합친 강우량은 1년에 20센티미터도 되지 않지만 목장 위에 있는 산들은 비밀 같은 눈을 품고 있다. 눈이 얼마나 녹아 물이 될지 아무도 모른다. 물이 내려오기 시작하면 산봉우리는 마치 앞으로 기울어진 은색 항아리처럼 물을 콸콸 쏟아내고 주 전역에 물이 홍건해진다. 내가 가봤을 때는 개울의 물이 프랭크의 발 위로 올라오기 시작했다. 그때, 가파른 소나무 숲에서 바람 부는 소리가 들렸다. "하나님 맙

소사, 온다, 온다." 그는 말했다. 맥주처럼 갈색의 거품이 나는 물줄기가 우리를 향해 뱀처럼 다가왔다. 프랭크는 다섯 개의 댐을 세우고 가장자리를 파서 틈을 내두었다. 바람이 돛을 살찌우듯 물이 댐을 가득 채웠고 각 댐 위에 뚫린 세 개의 홈에서 도랑의 물이 40만 제곱미터가 넘는 건초 밭으로 흘러들어왔다. 프랭크가 작업을 끝내자 구슬 같은 물방울이 밭 위로 퍼졌고 그제야 그는 몸을 굽혀서 개울의 물로 얼굴을 문질렀다.

와이오밍의 관개 시즌은 4개월 동안 이어진다. 20개, 30개, 많게는 200개의 댐을 교체하고 도랑을 수리하고 불규칙한 수량에 맞추기 위해 수문을 조정하는 일을 12시간에 한 번씩 해야 한다. 9월이면 관개가 끝난다. 와이오밍의 큰 강을 제외한 모든 냇가의 물이 말라버린다. 물을 흐르게 하는 일은 절기와도 같아서 달력에 표시가 되어 있어야 할 것만 같다. 지명 또한 물과 관련하여 바뀌어야 할 것만 같다. 5월, 6월, 7월, 8월에 물은 우리가 그 앞에 무릎을 꿇어야 하는 제의실이다. 물은 너무 빨리 가버리는 시간과 동일시될 정도로 귀하다.

물을 기다리는 것은 와이오밍 목장주들이 날씨의 자비에 기대는 방법 중에 하나일 뿐이다. 예를 들어 목장주들이 물을 주는 건초는 잎이 마를 때 베어야 하지만 잎을 보존하기 위해서는 약간의 습기가 배어 있어야 한다. 프랭크가 밭에 물을 뿌리고 3일 후에 폭풍이 와서 알팔파 위에 1미터의 눈이 쌓여버리고 말았고 개울은 다시 얼어붙었다. 건조한 파우더 리버 카운티에서 자란 그의 아내 '마이크'와 같이 말을 타고 개울 상류로 갔다. 엘크가 얼음을 핥고 있다가 우리를 보고 깜짝 놀랐다. 헐벗은 산등성이 뒤에 숨어 있던 눈보라가 우리를 덮쳐 버렸다. 우리는 바위 뒤에서 나뭇가지로 불을 피워서 몸을 녹인 다음에야 집으로 돌아갈 수 있었다. 얼어붙은 개울은 6월까지도 완전히 녹지 않았다.

예상치 못한 눈이 가끔 오긴 했지만 이 해의 4월은 100년 만에 두 번째로 건조했다. 저지대에는 강수량이 전혀 없었다. 강풍은 물을 담은 뇌운을 마치 다른 주에서 출퇴근하는 사람들처럼 우리 지역의 하늘에 몰고 왔지만 이 뇌운이 내린 비는 우리에게 닿기도 전에 증발되어 버렸다. 한 달 내내 농부와 목장주는 관개수로를 태워서 장애물과 잡초를 제거했는데 곧 물이 올 것이라는 낙관적인 기대가 있어서였다. 셸 밸리Shell Valley에는 전쟁터를 방불케 할 정도로 푸른 연기가 모든 지평선을 둘러쌌고 누군가의 실수로 미루나무 가지에 불이 나기도 했다. 하늘로 뻗은 가지가 불타는 모습은 꼭 사람이 불타는 모습 같았다. 4월은 잔인한 달이라는 시가 떠오르지 않을 수 없을 정도로 건조한 폭풍의 달이었다.

6년 전 내가 대규모 양떼 목장에 살았을 때도 심한 가뭄이 닥쳤다. 400제곱킬로미터에 달하는 방목지의 모든 샘터가 말라붙었다. 우리는 덜덜거리는 사탕무 수확용 트럭을 타고 60킬로미터를 넘게 달려 물을 방목지 샘터까지 운반했다. 물을 동그란 물탱크에 쏟자마자 양들이 달려왔다. 양들은 물을 마시기 위해 돌진했고 그러는 와중에 서로를 짓밟고 밀쳤으며 물은 눈 깜짝할 사이에 한 방울도 남김없이 사라졌다. 어떤 4월에는 지독한 눈보라가 몰아닥쳐 지나치게 습해지기도 했다. 강풍을 동반한 눈보라가 주의 동부 쪽 평야에 있던 소떼에 몰아쳤고 주인은 소들을 가두지 말고 그냥 돌아다니게 해야 한다는 것을 알았다. 울타리를 치면 소들이 눈보라를 정면으로 맞아야 하고 눈이 소들의 코로 들어와 익사할 수도 있었다. "네브래스카까지 난 철조망을 다 잘랐어요." 그가 말했다. 그 눈보라가 몰아치는 동안 다른 카우보이는 자신의 소떼를 너무 늦게 발견했다. 소들은 4~5미터 아래 계곡에 묻혀 버렸다.

유량이 최고조에 달하는 6월에는 개울도 최고 수위에 달하는데 목장주들에게 그 많은 물은 그것 나름대로 골칫거리다. 평소에는 잔잔하고 얕은 10미터 정도 너비의 개울이 불어나면 물의 흐름도 바뀌고, 물이 개울을 건너는 가축의 배까지, 때로는 더 높이까지 차오를 수가 있다. 1800년대 카우보이들은 텍사스에서부터 가축 무리를 끌고 올라왔는데, 텍사스 롱혼 소 1천 마리와 강을 건너는 데 일주일이 걸리기도 했고 그 사이에 소의 반을 잃기도 했다. 이처럼 기록할 만한 사건은 아니라 해도 매년 봄에 익사 사고나 익사할 뻔한 일들이 많이 발생한다. 올해엔 우리가 개울을 건너고 있는데 급류 때문에 말이 넘어지면서 말 탄 사람이 통나무 밑으로 떨어졌다. 마침 카우보이가 뒤를 돌아보았고 물 밑으로 가라앉으려는 머리를 보고선 말에서 뛰어내려 여자를 구했다. 트래퍼 크릭Trapper Creek은 1920년대 작가 오웬 위스터가 헤밍웨이와 여러 해의 여름을 보냈던 곳으로 유명한데, 우리가 이 개울을 건널 때 구름이 검은 눈처럼 우리를 덮친 적이 있다. 무지개 조각들이 수직으로 내리는 빗줄기 속에서 우왕좌왕하다 더 작게 부서지더니 산등성이 뒤에서 사라졌다. 개울이 범람하며 집 한 채와 옥수수 밭을 삼켜버린 적도 있다. 한 주민이 일시적으로 강이 되어버린 알팔파 밭을 걸어 다니다가 지나가는 우리를 보더니 한마디 했다. "거 같이 낚시할래요?" 그가 양동이에 던져 넣고 있는 물고기는 홍수로 인해 '강물을 거슬러 온' 연어였다.

서부인들은 물에 대해 양가감정을 갖고 있다. 그들에겐 물이란 혼돈과 진흙을 만들어내는 존재일 뿐이다. 그들은 야생화가 가득 핀 숲을 산책한다거나 1.5미터 높이의 양치식물이 펼쳐지는 풍경을 본 적이 없다. "내가 좋아하는 유일한 물은 위스키 탄 물뿐이라니까." 우리가 몰아치는 비바람 속에서 송아지 젖을 물리는 모습을 보더니 한 목장주가 말했다. 그날 우리는 12시간 내내 빗속에서 말을 탔다. 옷을 몇 겹이나 입었는지 모른다. 모직 유니언 슈트[1] 위에 카우보이 가죽바지를 입고 발목까지 오는 슬리커[2]를 걸친 다음 목도리를 두르고 모자를 썼으나 머리부터 발끝까지 쫄딱 젖었다. 모자챙에 고였던 물이 가랑이 사이로 떨어지고 부츠와 장갑도 철벅철벅했다. 하지만 폭풍을 피해 집에 있는 사람에게 더 가혹한 운명이 기다릴 수도 있다. 한 카우보이가 불평했다. "밖에 나갈 수 없으니 마누라가 일주일 내내 콩 통조림을 만들라고 시키더라고. 차라리 저 바깥의 사향쥐처럼 물에 빠져 죽는 게 낫겠수."

　　건조함은 와이오밍 전역이 공유하는 공통분모다. 우리는 물에 젖기보다 먼지에 젖을 때가 더 많고 그것이 서부인들을 서부인답게 만들어주는 메스이자 갑옷이다. 건조한 공기는 목축업자의 내면을 외부로 밀어낸다. 비밀이나 내적 자아는 솔직하게 있는 그대로 표현되는 것을 넘어 푸석푸석하게 표현된다. 기름을 전혀 바르지 않은 상태라고나 할까. 공기 중에 수분이 충분히 담겨 있지 않아 감정이라는 기계 전체에 기름칠을 하고 작동할 수 없게 하는 셈이다. 한 청년 목장주가 말했다. "눈에 보이는 게 다라고 보면 돼요. 하지만

1　union suit. 상하의가 붙은 내복.
2　slicker. 길고 품이 넓은 레인코트.

보는 법을 배워야 제대로 볼 수 있죠." 그는 나를 보러 오거나 나를 떠날 때 육체적으로 무모했다. 그것이 그가 나를 그리워하고 좋아하는 방식이었다. 우리 사이의 이 순수하고 분명한 열정에는 진지함도 없고 감정의 찌꺼기도 없었다. 카우보이는 물을 낭비하지 않는 법을 통해 말을 낭비하지 않는 법을 배운다. 장황하게 말을 하면 참을 수 없을 정도로 극심한 갈증을 느끼기 때문일지도 모른다. 그들의 목소리가 걸걸하다면 성대에 먼지가 끼어 있기 때문일 수도 있다. 어느 가을에는 7천 마리의 소의 출하를 도운 적이 있는데 크고 넓은 선별장에서 먼지는 마치 물처럼 우리 몸을 속속들이, 감각적으로 휘감았다. 코와 입을 스카프로 막았지만 덮은 부분만 뺀 나머지 얼굴은 흙먼지를 뒤집어써서 너구리나 광부처럼 보였다. 서부인들의 얼굴 피부는 육포처럼 뻣뻣하며 검붉은 색이다. 이들의 통찰력 있는 얼굴은 아무 힌트도 없이 이런 말을 하고 있을 뿐이다. "당신, 내가 지켜보고 있어요." 이 목장주들의 목에 가로로 나 있는 목주름은 이른 노화의 표시이기도 하지만 벽에 난 균열처럼 보이기도 한다. 느긋하면서도 안절부절못하고 수줍어하면서도 오만한 이들의 모순적인 성격의 징후를 나타내는지도 모른다.

내가 아는 목동은 손가락 마디를 따라 '불운hard luck'이란 단어를 타투로 새겼다. "내가 목말랐던 시간들을 위한 단어예요." 그가 설명했다. "나처럼 목이 타다가 무언가의 맛을 보면 그 맛을 절대로 잊지 못하죠." 그는 그런 방식으로 자신의 큰 목장을 일구었다. 갈증에서 갈증으로. 위스키에서 위스키로. 와이오밍의 물길, 즉 일곱 개의 강과 서로 연결된, 크지도 작지도 않은 하천을 따라가다 보면 이 지역 정착의 역사를 알 수 있다. 초기 정착민인 목장주들은 몇 번의 혹독한 겨울을 난 후에 가축을 키우려면 사료를 재배해야한다는 것을 절실히 깨달았다. 강과 하천 양쪽 땅은 와이오밍이 주가 되기 전인 1870년과 1880년대에 이미 정착민들이 차지하고 있었다. 토지가 저렴해서 비교적 쉽게 땅을 늘릴 수는 있었지만 식수와 농업용수가 절대적으로 중요했다. 초기 목장인 스완 랜드 앤 캐슬 컴퍼니, 버드 랜치, M-L, 버그 랜치, 피치포크 같은 목장은 처그워터 강, 그린 강, 그레이불 강, 빅혼 강, 쇼쇼니 강 등의 옆의 땅을 차지했다. 얼마 지나지 않아 물을 둘러싼 분쟁이 시작되었다. 강 옆에 토지를 소유한 사람만 용수권을 갖는 구법인 '완전하고 감소되지 않는 하천'은 지역의 땅을 에이커풋 단위로 심사하고 물을 공급하는 방식으로 바뀌었다. 그러다 1890년에 주민들은 자기들의 목장을 통과해 흐르는 하천의 용수권을 주장하는 소송을 걸었다. 아직까지 유지되는 이 법에 따르면 소유권 변경에 상관없이 목장이 설립된 날짜에 따라 용수권이 부여된다. 이로써 점점 거세지던 상류와 하류 간의 분쟁이 해결되었다. 하천에 최초로 설립된 목장은 상류에 새로운 정착촌이 생기더라도 용수권을 얻는다.

물이 아예 흐르지 않는 땅에는 또 다른 문제가 생긴다. 프랭크의 아버지는 브리검 영[1]이 파견한 모르몬교 식민지 개척자로 빅혼분지에 최초로 정착하여 경작을 시작했다. 그들이 소유한 80제곱킬로미터의 토지는 척박하고 물이 부족했다. 이 문제를 해결하기 위해 그들은 길이 43킬로미터, 폭 80미터, 깊이 5미터의 운하를 수공으로 파기 시작했다. 이 프로젝트는 완공까지 4년이 걸렸다. 계획된 공사 구간에 거대한 바위가 나타나 인부들이 충격을 받기도 했다.

---

1 Brigham Young(1801~1877). 미국의 모르몬교 지도자.

모든 주민들이 아무리 힘껏 밀어도 바위는 한 발자국도 움직이지가 않았다. 최후의 수단으로 모르몬교도들은 바위 주위를 동그랗게 둘러싸고 손을 모으고 통성으로 기도했고 그다음 날 아침 바위는 저절로 굴러가서 치워졌다고 한다.

신앙의 힘이 모든 문제의 해결책이 될 수는 없었다. 주의 인구가 증가하면서 물 분쟁은 점차 격화되었다. 배수로 지킴이ditch rider라 불린, 관개 현장과 사용량을 말을 타고 감시하는 사람들은 종종 관개용 삽에 맞아 최후를 맞이하기도 했다. 프랭크가 기억하기론 물을 끊어버린 한 배수로 지킴이가 목장주에게 삽으로 머리를 맞은 후 의식을 잃고 운하로 떨어졌고 다음 수문에 부딪칠 때까지 물에 둥둥 떠내려갔다고 한다.

운하가 완공되자 모르몬교도들은 교회와 학교와 주택을 건설했고 그들 옆을 따라 흐르던 강물에서 영감을 받은 듯 하나의 물줄기처럼 행동했다. "처음부터 지독한 사회주의자 놈들이었어." 프랭크는 회상한다. "알고 보면 굉장히 아름다운 사회였지 뭐야. 요즘의 소위 '서부식 개인주의자'들은 이 지역 사회가 어떻게 이루어졌는지 잊어버렸지. 그렇게 오래된 것도 아닌데."

프랭크는 건장하고 보수적인 전형적 서부 남자와는 정반대의 인물이다. 강건하긴 하지만 뼈대가 가늘고 안짱다리로 걷는 어색한 걸음걸이는 친근감을 더한다. 그는 평생 고향 근처에서만 살고 일했지만 파노라마식 비전을 갖고 태어난 듯 시야가 넓다. 마치 분지의 먼지 구름을 뚫고 먼 지역까지 내다보는 잠망경이라도 하나 갖고 있는 것 같다. 프랭크는 흐르는 물처럼 관대해서 최소한의 저항만 있는 길을 천천히 흘러가다가도 비탈길에서는 빠르게 내려가며 자신 앞의 모든 길을 터무니없을 정도로 충만하고 한결같은 모습으로 받아들인다. "정직한 사람은 못 속이는 법이지." 그는 이렇게 말하면서도 이 말에 담긴 역설에 웃는다. 그의 넓적한 얼굴과 넓은 이마는 법 없이도 살 수 있는 그의 정의로운 마음을 보여주는 것만 같다. 세상에 대한 애정과 이해는 고향을 넘어 인류 공동체 전체를 아우른다.

프랭크가 관개를 시작했을 때는 방수 댐이 없었다. "집에 있는 온갖 낡은 물건들, 낡은 옷, 뼈, 자동차 부품, 둘둘 만 잔디 등으로 도랑을 막았지." 지금은 관개 전문가를 고용할 여유가 있지만 아직도 직접 하는 것을 좋아하고 내가 집을 비울 때면 우리 집 수도꼭지를 틀고 잔디에 물을 주고 깎아주기도 한다. "물 대기는 진짜 못 해먹을 정도로 귀찮은 일이 맞아. 평생 동안 물과 싸워온 거 같아. 대자연인지 뭔지 아주 못 돼먹은 여편네 같아. 안 그래요? 하지만 우리는 그 도전을 받아들여야 해. 그 도전을 갈망해야 해. 그리고 그 이유를 알려고 하면 저주받을 거야. 펌프, 스프링클러 등 모든 걸 갖춘 부유한 농장주들이 불쌍해, 나는. 그치들은 모르는 게 있으니까. 새벽이나 해 지기 직전에 물을 보러 갈 때면 얼마나 평화로운지 알아? 나는 그 향기가 좋아요. 개울의 풀 냄새, 들장미 냄새. 새들도 얼마나 시끄럽게 재잘대는지 몰라. 사람이 그런 것 없이 어떻게 살지?"

2천 년 전, 와이오밍에 시돈 운하Sidon Canal가 건설되기 전에 지금의 애리조나 땅에서 살던 호호캄 족은 막대기를 사용해 솔트 강과 길라 강에서 건조한 땅으로 물을 옮겼다. 호호캄의 관개 시설은 북미 원주민 역사상 가장 광범위한 지역에 설치된 시설이었다. 50킬로미터나 떨어진 강에서 물을 끌어와 농지에 물을 대서 중미와 남미 부족의 전통 작물인 옥수수, 콩, 호박을 재배한 것이다. 프랭크는 그들의 물 대기에 대해 평한다. "더럽게 원시적이지. 땅을 파는 도구가 막대기에서 삽이 되었다고 해서 진화라고 할 수도 없지. 그런데 생각해 보면 다들 어린 시절에 물을 갖고 놀잖아. 개울가에서나 소화전 앞에서. 어쩌면 애초에 농업이란 것이 그렇게 시작되었는지도 몰라."

로마인들은 불용성 시멘트를 사용해 수로를 만들며 그들이 물이 상징한다고 생각하는 유동성과 무상함을 담아낼 수 있다고 생각했다. 로마는 14개의 수로를 만들어 산과 호수에서 물을 끌어왔고 그중 몇 개는 오늘날까지 사용되고 있다. 로마인들은 오늘날의 목장에 해당하는 라티푼디움Latifundium에서 알팔파를 재배했는데 기원전 5세기경 페르시아와 그리스를 통해 들어온 더운 날씨에 잘 자라는 이 작물을 지금 우리처럼 말에게 사료로 먹였다. 네로 같은 폭군도 도시의 식수를 운반하는 운하에서 목욕을 했다는 이유로 비난을 받았고 매음굴에서는 몰래 수로에서 물을 끌어오다 도시 전체에 물 부족 현상이 일어난 적도 있었다. 결국 수로가 황폐해지기 시작하며 로마제국이 무너지기 시작했다고 할 수 있다. 농작물이 말라가고 대도시에 생명을 가져다주던 물의 흐름이 정체되자 모기의 번식지가 되고 결국 로마의 중심부에는 물이 아닌 말라리아가 입성한 것이다.

자연에서 죽음과 부활의 신호로 받아들이지 못할 것은 아무것도 없다. 폭포에서 떨어지는 물은 상실에 이은 상실이자, 죽음의 방향으로 떨어지다 다시 생명이 되는 사물의 동력을 상징한다. 콘래드는 『어둠의 심연Heart of Darkness』에서 열대우림을 흐르는 강은 절대 고독의 운하이자 덫이라 말한다. 헤밍웨이의 단편 「두 개의 심장을 가진 큰 강_Big Two-Hearted River_」에서는 그 반대다. 강은 우리를 받아들여주는 회복의 장소다. 물은 우리 안의 무의식적이고 본능적이고 성적인 것을 나타내며 이것들은 우리가 아이디어를 낚아야 할 때 필요한 창의적인 욕구이다. 물은 우리 삶에서 헤아리기 힘든 것, 즉 죽음과 창조를 무중력 상태로 운반한다. 그 안에 빠져 허우적거릴 수도 있고 부력으로 떠 있을 수도 있고 갈증을 해소하고 생존을 유지할 수도 있다.

나바호 족 신화에서 비는 하늘에서 떨어지는 태양의 정자라 했다. 비행기에서 만난 한 크로우 족 여성이 말해준 것이다. 그녀는 꽃무늬 원피스를 입고 남성용 모직 재킷을 입었으며 종아리까지 오는 모카신은 클립 두 개로 고정했다. "크로우 족들에게 물은 약이에요." 그녀가 이 말을 할 때 우리는 그녀가 사는 부족의 땅을 가로지르는 옐로스톤 강 위를 비행하고 있었다. "옛 부족의 전령[1]들은 매일 아침에 사람들에게 마실 수 있는 만큼 물을 마시고, 물을 몸에 묻히라고 외쳤어요. '물은 우리의 몸이다.' 이렇게 말하면서요." 비행기 창문으로 불에 그슬린 듯 쩍쩍 갈라진 땅을 보며 물의 실제적이고도 상상적인 힘을 이해하는 건 어렵지 않았다. "이렇게 말라버리다 죽음의 땅이 될 거예요." 그녀는 팔을 휘저으며 말했다. 가뭄이란 이렇게 오는 것이다. 단 한 번의 가뭄이면 지상의 모든 물기가 사라져 버린다. 밀싹과 도랭이피가 시들어버린다. 엘크와 사슴은 언덕을 짓밟아 모래로 만들어버린다. 마구간에는 죽은 말과 소가 가득

---

1 tribal Crier. 일종의 '울부짖는 자'로서, 소리를 외침으로써 부족민들에게 소식을 전하는 역할을 한다.

하다. 이판암shale 아래에 방울뱀의 굴이 생기면서 뱀의 도시국가가 된다. 나무의 뿌리가 수면 위로 올라와 먼지 속을 헤집고 다닌다.

자연의 모든 것은 끊임없이 우리를 지금의 우리가 되도록 초대한다. 우리는 종종 강과 닮았다. 부주의하면서 강하다. 소심하면서 위험하다. 맑으면서 탁하다. 소용돌이치고 반짝이고 고요하다. 연인들, 농부들, 예술가들은 적어도 한 가지 공통점이 있는데, 바로 '정체기dry spell'에 대한 공포다. 꽃을 피우지 못하는 내면의 가뭄은 오직 상상력과 정신적 표출이라는 물로만 해갈할 수 있다. 물론 매우 예민한 문제라 해결이 쉽지는 않다. 관개하는 사람들은 다음과 같은 사실을 알고 있다. 물이 너무 적으면 잡초가 자라고 그렇다고 너무 많으면, 너무 쉽게 번 돈이 사람을 쩨쩨하게 만드는 것처럼 토양의 질이 나빠진다. 소로는 일기에 이렇게 썼다. "한 인간의 삶은 강물처럼 신선해야 한다. 같은 통로로 흘러도 매 순간 새로운 물이 흘러야 한다."

오늘 아침에 좁고 마른 개울을 따라 걸었다. 큰 사각형으로 부서진 바위 조각들이 빈 거울처럼 둑에 기대어 있었다. 세이지브러시 하나가 그 바위 중에 하나를 뚫고 나왔다. 뿌리가 갈고리 코처럼 뻗어 내려가 있었다. 그 위쪽으로 붉은 바위 채석장에는 물결 모양이 화석으로 새겨져 있었다. 어제 구름이 폭발하면서 이 얼어붙은 파도 모양 화석에 가느다란 물줄기가 흘러내렸다. 그 물줄기는 내 발 밑의 모래에도 같은 모양의 물줄기를 새기고 지나갔다. 내면에서, 외부에서 항상 가뭄이 위협하는 이 건조한 땅에서도 물은 자기가 왔

다 갔다는 흔적을 남긴다. 고대에도 그랬고 최근에도 그랬다. 짧은
순간이라도 그러했다.

9장

우리 방금 결혼했어요

남편과 나는 와이오밍 주 코디에서 열린 존 웨인 영화제에서 만났다. 한겨울에 열리는 행사가 워낙 드물기 때문에 주 전역에서 많은 사람들이 찾아온다. 영화제 발표자 중에 한 명이 우리 둘의 공통 지인이라 그에게 소개를 받았고 다음날 〈리버티 밸런스를 쏜 사나이*The Man Who Shot Liberty Valance*〉[1]를 옆에 앉아 보게 되었다. 슬픈 장면에서 눈물을 흘리는 그의 옆모습을 보고 말을 걸고 싶어져 우리는 시내의 식당에 가서 저녁을 먹었고 술집이 문 닫을 때까지 같이 있었다. 그는 책뿐만 아니라 목장 일, 중세 역사와 산맥, 철학과 노새에 대해서 이야기할 수 있는 사람이었다. 나와 비슷한 잡식성 문화 포식자라고 할까. 10개월 후 우리는 결혼했다.

　　그는 원래는 300미터 높이의 돔 모양 민둥산인 쿠거 고개Cougar Pass 정상에서 청혼할 계획이었다고 한다. 그때 우리는 풀어놓은 말 스무 마리와 같이 이동하고 있었고 앞에 선 말은 계속 움직이고 있는 데다가 주변은 온통 소란스러워 청혼할 정신이 없었다고. 그다음 날 이동 중에 그가 내게 다가와 불쑥 말했다. "우리 결혼이나 할까?" 대답을 하기 전에 앞에 가던 말이 문제를 일으켜 그는 앞으로

---

1 존 포드 감독, 존 웨인 주연의 1962년 서부 영화.

뛰어갔다. 분위기라고는 없는 뜬금없는 청혼을 만회하기 위해 그는 그날 밤 나에게 세레나데를 불러주었고, 하필 모래언덕 두루미의 구슬픈 울음소리가 들려와 이중창이 되어버렸다. 수컷 엘크 한 마리가 초원을 헤매다가 말들 사이에 섞였다. 그날은 눈이 왔고 아침이 오자 코요테 합창단이 울부짖었다. "그래! 하자!"

카운티 법원에서 혼인 신고서에 서명하자 축하의 의미로 이른바 '첫날밤 관리 패키지'를 받았다. 그로테스크한 판도라의 상자로 마이돌(진통제), 코텍스 여성용품, 1회용 면도기, 면도 크림, 비누 등이 들어 있었다. 요약하면 결혼에서 기대할 수 있는 모든 것이 담겨 있었다고나 할까. 피, 고통, 원치 않는 체모, 두통, 먼지 등 말이다. 내가 물었다. "샴페인하고 시가는 왜 없어?"

결혼식 날짜도 충동적으로 잡았다. 부모님에게 전화를 해서 다음 주 토요일에 무슨 계획이 있냐고 물으니 골프 약속이 있다고 하셨다. 나는 미루라고 했다. "괜히 기다릴 거 뭐 있어요. 쇠뿔도 단김에 빼는 거죠."

초대장 없이 아무나 들어올 수 있는 결혼식이었다. 도로 담당 공무원들이 결혼식이 열릴 고립된 통나무집까지의 도로에 눈을 치워놓지 못해서 우리는 하객들을 픽업트럭에 가능한 한 많이 태워서 갔는데 체인이 없으면 운전할 수 없었다.

혼인 선서 직전 모두가 숨죽인 순간, 나의 반려견 러스티가 한 줌 정도 되는 축하객들 사이를 가로질러 오더니 내 발 밑에 엎드렸다. 늑대처럼 지혜로운 얼굴은 이렇게 말하고 있었다. "이참에 나랑도 결혼하면 어때요?" 그래서 우리 셋은 그날 결혼했다. 식후에 집 앞의 작은 연못에서 스케이트를 타고 눈 속에 파묻어 놓은 샴페인을 마셨다.

나는 조용히 건배사를 했다. "외로움과의 작별을 위해." 하지만 속으로는 감히 내게 그런 일이 있을 수 있다고는 생각하지 않았다. 실제로 그 일이 일어났지만 나는 준비가 되어 있지 않았다. 어떻게 이런 평화를 느낄 수 있지? 어떻게 사랑이 우정으로 깊어질 수가 있지? 그래서 나는 얼마간은 이것이 죽음의 예감이라고, 우리가 차분하게 인생을 정리한 후에 임종 침대에서나 느낄 수 있는 평온이라 여겼다.

1년 후 폭풍이 내리치는 날, 나무 한 그루 없는 산비탈을 내려오다가 나는 번개를 맞았다. 눈앞에 하얀 섬광이 지나갔다. 스팽글 조각들이 내 다리에 와르르 쏟아지는 기분이었다. 그다음에는 강도에게 뒤통수를 가격당한 것처럼 두개골 아래에 전기 충격이 왔다. 머리가 쿵쾅댔다. 그 후에는 정수리가 마구 가렵고 발바닥이 동그랗게 말리더니 타는 듯 화끈거렸다. "당신 이렇게 멀쩡하게 살아 있다는 게 믿기지 않아!" 남편이 말했다. 열린 공간은 이전에도 나를 정결하게 해준 적이 있었다. 번개를 맞는 것 또한 다른 종류의 세정이었는데 마치 치과에서 두렵고 고통스러운 치료를 받아야만 얻을 수 있는, 새로 태어난 기분이라고 할까.

분지 너머 호수 위에 비치는 햇빛의 조각들이 우리를 지나갔던 폭풍을 반영했다. 그 호수 밑의 도로 끝자락에 농장이 하나 있고 그 농장을 남편과 내가 샀다. 목장은 중국 송나라 시대 그림처럼 2,700미터 높이의 바위산을 등지고 있다. 여름이면 초록색 폭포로 변하는 좁고 울퉁불퉁한 건초 밭을 여러 개 지나면 1913년에 가난한 농부가 지은 빅토리아식 주택이 있는데—단열도 안 되고 배관도 조잡한—그 집이 지금 우리 집이다.

1903년에 텍사스 출신 빌리 헌트가 이곳에 공여 농지를 받아 정착했다. 빅혼을 넘기 위해 거의 수직에 가까운 마차 길을 따라 올라야 했는데 그 전에 맥주로 목을 축이려고 한 술집에 들렀고, 그 술집에서 일하던 기골이 장대한 여자 바텐더와 결혼하게 된다. 한 노인은 아직도 기억하고 있다. "생가죽처럼 질긴 여자였지."

그 부부가 지은 10평 남짓한 오두막집에는 당시 그들의 일기와 그 시대 기록들이 남아 있고 흔적을 찾아볼 수 있다. 헌트는 말 여러 마리와 함께 두 개의 산을 우회하기 위해 세이지브러시가 없는 40만 제곱미터의 초원을 통과했다. 깊은 산속에서 이끼 낀 삼나무와 소나무 그루터기를 잘라 도끼로 찍어서 목장, 헛간, 정문, 히치레일[1] 등을 만들었다. 헌트 부인은 첫 아이를 말의 안장 앞에 누이고 산을 넘어서 데이턴 마을까지 15시간을 달려 생필품을 구해 왔다.

그들이 정착한 배수시설 주변에 나라에서 땅을 받은 홈스테더들이 하나둘씩 들어왔다. 28명의 아이들은 1.5킬로미터 떨어진 교실 하나짜리 학교에 다녔고, 제재소와 대장간이 생겼다. 한 달에 한 번씩 말이나 썰매로 우편물이 배달되었다. 당시 클로벌리라 불렸던 마을은 더 이상 존재하지 않고 시냇가에 우리 포함 세 가족만이 살고 있다. 계곡에 사는 내 친구들은 식료품점까지 50킬로미터, 극장에서 120킬로미터나 떨어진 고립된 곳에 살면 너무 고독하거나 불편하지는 않은지 궁금해한다. 이웃에 사는 노인에게 어떻게 생각하느냐고 물었더니 이렇게 답했다. "주여……. 신은 목장주들이 시내

1 hitchrail. 말을 묶어두는 기둥이나 난간.

가까이에 살도록 만들지 않았어. 어쨌거나 50킬로미터나 가야 시내가 나온다면 그곳이 좋은 곳이여."

우리는 이 집에 2월에 이사 왔다. 이사 트럭의 한쪽 끝에는 책, 테이블, 옷걸이를 넣고 말은 뒤에 묶어서 왔다. 달이 없는 밤이 일주일간 이어졌지만 능선 너머로 플레이아데스 산맥이 보석처럼 빛나고 있었다. 목장을 산다는 건 어쩌면 영혼을 갈아끼우는 듯한 경련을 선사했다. 우리에게 익숙한 독신자의 삶에 반하는 것, 이층 침대-침낭-술집으로 이어지는 생활과 만성적인 방랑 생활에 종지부를 찍는다는 의미였다. 하지만 원래 땅을 소유하고자 하는 욕구는 의심스럽게 시작되지 않는가. 사실 결혼 전에 미리 알고 있었다. 소유는 곧 소유욕으로 전환되고 안전은 혐오로, 권력은 탐욕으로 변질되기 마련이라는 것을. 우리의 의도는 그저 이제까지 방치된 목장을 구해내는 것이었다.

땅이 녹자마자 우리는 기둥을 다시 세우고 수 킬로미터에 달하는 철조망을 묶고 커다란 목장 대문을 만들었다. 80년 전 내 엉덩이처럼 둥그런 삼나무 기둥 사이에 있던 문이 이제 다시 젖혔다 닫혔다 했다.

우리 위와 주변의 가파른 협곡은 마치 화환처럼 보이는 붉고 노란 벼랑 속을 굽이치며 내려간다. 선캄브리아 시대, 메디슨 강과 척워터 강이 생기고 다공질 암석이 침식되면서 거실 크기의 동굴이 만들어졌는데, 이 동굴에서 퓨마가 쉬며 암사슴과 눈신토끼snowshoe rabbit로 포식하곤 한다. 명금류들은 도시의 빌딩 사이를 오가는 사람들처럼 높이 솟은 미루나무 사이를 날아다닌다. 아침에는 남쪽에서 산들바람이 불어오고 저녁에는 바람의 방향이 반대로 바뀐다. 이 바람 안에 생명의 흐름이 있으며 마치 마사지하듯 앞에서 뒤로 서서히 움직이며 우리를 만져준다. 그럴 때면 산책을 나간다. 한 친구는 우리가 오르는 큰 바위에 달라붙은 석회암만이 수백만 년 전에 미국의 표면에 남아 있던 땅의 전부일 거라고 한다. 어떤 종류의 무상함을 이루기 위해서는 그토록 오랜 시간이 걸리나 보다.

어떤 계절은 엘크와 사슴이 이동하는 천국의 계단이 된다. 우리 목장도 그들의 휴식 장소 중에 하나다. 예전에는 땅의 소유주가 되는 것이 왠지 불편한 느낌이었다면 지금은 땅이 나를 소유하는 방식을 서서히 이해해 가고 있다. 건초 밭을 깎을 때는 꼭 내 머리를 깎는 것만 같아서 아침에 일어나면 내 머리도 반들반들해져 있을 것만 같다. 목초지가 내 몸 안으로 직접 들어온다. 내가 딱딱한 땅 위로 끌어올린 물이 한 잔의 차가 되기 때문이다. 그해 말에 우리가 쌓아둔 건초를 말에게 먹이는 것 또한 게워낸 것을 다시 먹는 반추 행위, 그러니까 되새김질이었다. 건초는 서늘한 날, 높은 더미에서 툭 떨어져 말 앞에 놓였는데 마치 이제 막 구워서 반으로 가른 빵 같았다.

10장

게임의 규칙: 로데오

우리의 신혼여행지는 파리, 파타고니아, 사하라 사막이 아니었다. 새신랑 새신부는 눈보라를 뚫고 오클라호마 시티로 향했다. 매년 12월에 열리는 로데오 전국 결승전은 은행과 정유 회사 건물이 즐비한 거리에 있는 현대적인 다층의 콜로세움에서 열린다. 평평한 오클라호마 주는 수영장과 닮았는데 다만 물 대신 기름으로 채워져 있다는 사실만 다르다.

전국 결승전은 '프로 로데오계의 월드 시리즈'로 불린다. 미국에서 손꼽히는 카우보이뿐만 아니라 가장 날쌘 말과 힘센 소들이 나서는 대회다. 출전 자체가 영광인 이 대회에 진출하기 위해 카우보이들은 1년 동안 수많은 지역 예선을 통과해야 한다. 휴스턴, 라스베가스, 펜들턴, 투손, 샤이엔, 샌프란시스코, 캘거리 등 여러 지역에서 한 시즌에 최대 80개의 로데오 대회가 열리고 독립기념일 같은 공휴일에는 하루에 두세 개씩 열리는 경우도 있다. 선수들이 출전한 경기 경과를(점수가 아니라 상금을 기준으로) 합산하여 각 종목의 상위 15명만을 오클라호마로 초대한다.

우리가 땅콩 좌석이라 불리는 최상층 맨 뒷자리로 올라가고 있을 때 늘씬한 갈색 머리 미녀인 미스 로데오 아메리카가 보라색 바지 정장을 입고 장갑을 낀 채 카우보이모자를 쓰고 경기장을 행진 했다. 관중석에는 긴장과 기대가 감돌았다. 우리 앞에는 수많은 모 자들이 바다의 부표처럼 제자리에 둥둥 떠 있다가 입구를 향해 일 제히 고개를 돌렸다. 장내 아나운서가 연륜과 기름기가 느껴지는 목 소리로 외쳤다. "자, 젊은 신인 선수. 3번 주자 팻 링거를 소개합니 다. 몬태나 주 마일스시티 출신으로 이번이 첫 출전입니다. 같이 온 작은 말의 이름은 딜링거." 소개가 콜로세움에 울려 퍼지자마자 첫 번째 베어백이 조명을 받으며 등장했다.

로데오 경기에는 전통적인 순서가 있는데, 먼저 4개의 시간 제한 종목이 있고 3개의 거친 가축 종목이 있다. 베어백 라이더 bareback rider 경기가 가장 먼저 열리고 그다음 순서가 스티어 레슬링steer wrestling, 팀 로퍼team roper, 새들 브롱크 라이더saddle bronc rider, 배럴 레이서 barrel racer 등이며 마지막이 황소 타기bull rider다.

팻 링거에 이어 스티브 던햄, J. C. 트루히요, 미키 영, 그리고 디펜딩 챔피언인 브루스 포드가 덴버라는 이름의 말을 타고 등장했 다. 베어백 라이더는 말 그대로 말의 맨 등에 올라탄다는 이야기다. 안장, 굴레, 고삐 없이 오직 말의 배에 밧줄을 두르고 그 줄을 잡고 말을 타는 경기다. 이 베어백 라이더의 느슨한 움직임은 술에 취해 코믹하게 사랑을 나누는 모습을 연상시킨다. 선수들은 말 등에 누워 서 몸을 아래위로 움직이는데 마치 성욕이 넘치는 누더기 인형 앤 디[1] 같달까. 발가락은 위로 향하고 무릎은 굽히고 다리는 벌린 채 펌 프질을 한다. 등을 활처럼 뒤로 굽혀 모자가 말의 엉덩이에 닿을 듯 말 듯 한데 "바로 그거야, 다시 해줘"라고 말하는 것만 같다. 하지만

---

1 장난기 많고 모험심 강한 헝겊인형 앤디가 나오는 어린이 이야기.

아마추어 로데오에서 새들 브롱크를 타봤던 남편의 말에 따르면 전혀 그런 느낌이 아니라고 한다. "누워서 자전거 타고 가파른 언덕을 내려가는데 어디로 가는지 볼 수 없고, 다음에 무슨 일이 있는지 알 수 없는 느낌이야."

이제는 스티어 레슬러가 잘 훈련된 말을 타고 박스에서 튀어나온다. 오른쪽에는 황소가 달리도록 황소를 괴롭히는 헤이저hazer가 있고 왼쪽에는 레슬러가 있으며, 그 사이에 황소가 있다. 레슬러가 소와 나란히 서면 그는 마치 갈비뼈를 훅 찔린 것처럼 말에서 스르르 내려와서 뿔에 손을 뻗는다. 레슬러는 공중에 몸을 띄웠다가 발뒤꿈치로 흙바닥을 차고 올라가 팔로 황소의 뿔을 감싼다. 그 상태로 발을 끌면서 정지하고 황소의 머리를 한쪽으로 비틀어 황소가 균형을 잃고 바닥에 넘어지게 한다. 속도가 매우 빠른 게임으로 450킬로그램이나 되는 뿔 달린 동물을 순식간에 잡아야 한다.

다음은 팀 로퍼다. 선수들 대부분은 달리[1] 로핑의 기원이 된, 오크나무가 우거지고 언덕이 출렁이는 캘리포니아 산맥 출신이다. 로퍼는 우아한 기술자들인 두 사람이 함께 일종의 발레를 추는데, 그 춤은 매우 정밀하고 신중하면서 발레보다 움직임이 더 명확하고 크다. 헤더와 힐러[2]는 동시에 박스에서 나오고 그 사이에는 황소가 있다. 헤더가 먼저 움직인다. 그는 황소의 뿔에 로프를 던지고 한 번 더 돌린 다음 힐러를 위해 위치를 잡는다. 힐러는 밧줄을 암탉처럼 품에 안고서 소와 동료의 보조를 맞춰 따라다닌다. 넉넉하게 준비한

---

1 dally. 스페인어 'de la vuelta'의 변형어로 안장 뿔에 밧줄을 돌려 감는 동작을 의미한다.
2 '헤더'는 소의 머리를, '힐러'는 소의 다리를 잡는 사람을 뜻한다.

밧줄을 풀어서 황소의 두 다리에 동시에 건다. 이는 매우 복잡하고 정교한 동작으로 약 6초가 걸린다. 이 속도와 기술에 여성적인 우아함이 더해진다. 선수들은 밧줄로 만든 매듭을 손으로 꽉 잡고 있다가 내가 지저분한 빨랫감을 빨래 통에 획 던지듯 황소에게 획 던지는 것이 절대 아니다. 마치 비단으로 만든 옷고름을 쓰다듬듯 살살 조심스럽게 잡고 있다가 공중에서 한두 번 돌리고 쭉 뻗는데 팔과 밧줄이 마치 한 몸 같다. 힘줄과 맥박이 손목을 통과해 손에서 낚싯줄처럼 빠져나오는 듯 밧줄이 나와 두 개의 뿔에 걸쳐진다. 다른 사람이 같은 동작으로 다리 밑에 밧줄을 걸고 조여 황소가 풀려나지 못하게 한다.

　로데오의 고전적인 행사는 새들 브롱크다. 젊은 카우보이 청년들은 학회에 출석한 교수들처럼 진지한 표정이다. 그들은 발을 자꾸 들려는 말 위에 요령 있게 올라타서 떨어지지 않도록 다리를 계속 위아래로 움직인다. 그리고 아주 빠른 리듬으로 '기술 점수'를 얻고 '안장 착지'를 한다. 말이 엉덩이를 최대한 높이 들면 카우보이는 다리를 쭉 뻗어서 말의 어깨 위 박차에 얹고 고삐를 잡은 팔을 곧게 뻗은 뒤 자유로운 다른 손을 뒤로 들어 올리는데, 그 모양이 꼭 말과 사람이 하나가 된 프로펠러 같다. 착지 동작 또한 항공학적이다. 말 등에서 풀쩍 뛰어내려 땅에 착륙을 할 때도 흐트러짐 하나 없이 멋지다. 모자도 아직 쓰고 있다. 마치 추락하기 직전의 불타는 비행기에서 기계적으로 튀어나온 것만 같다.

　배럴 레이싱은 유일한 여자 선수 종목이다. 남자 선수들이 현대 발레의 거장 조지 발란신에게 코치를 받은 듯 우아하고 부드러운 동작을 취하는 반면, 여성들은 캐나다의 아이스하키 선수 웨인 그레

츠키의 재능을 물려받은 것처럼 스피드와 악동 기질과 근성을 갖추었다. 선수들이 경기장에 돌진할 때면 모자는 이미 공중으로 날아가 있다. 팔꿈치와 무릎과 발을 펄럭거리며 힘차게 달리다가 세 개의 통 중 두 번째 통을 돌 때 즈음에 이 사이에 물고 있던 채찍을 손에 잡고 말을 때리며 전속력으로 결승선을 향해 달려간다.

카프 로퍼는 말 타기 영재들의 활약이다. 그들은 말 위에서나 운동장 위에서나 최상의 전문가들이며 그들의 말 또한 주인들만큼 순발력이 넘친다. 박스에서 한 손에는 밧줄 매듭을 들고, 다른 손에는 고삐와 채찍을 들고 입에는 돼지가죽 끈을 문 카우보이가 등장한다. 밧줄이 촘촘하게 말과 기수 위에 얽혀 있어 마치 경기장에 도착하기 전에 칡넝쿨을 뚫고 온 것 같다. 송아지에게 줄을 매고 끈을 잡아당긴 기수는 말에서 뛰어내려 말이 팽팽하게 잡아당긴 나일론 줄을 따라 달려 송아지를 쓰러뜨린 후에 돼지가죽 밧줄로 다리 세 개를 묶는다. 카프 로핑의 디펜딩 챔피언인 로이 쿠퍼에 대해 사람들은 이렇게 평한다. "팔에 핀과 쇠판이 있어도 그는 이 업계에서 가장 빠른 작업을 하며 그가 밧줄을 타고 송아지를 잡는 동작을 보면 가히 로데오의 시인이라 할 만하다." 그는 6~7개의 동작을 너무나 부드럽게 연결해서 마치 하나의 동작이 연속적으로 펼쳐지는 것 같다.

마지막 종목은 황소 타기로, 모든 종목 중에서 유일하게 진짜 위험한 종목이다. 황소 위에 올라타는 것 자체가 난관이다. 황소는 등이 넓고 가죽이 출렁거리고 힘이 세며 말처럼 발레하듯이 점프하지 않는다. 홱 움직이고 제자리에서 빙빙 돌고 기수가 떨어지기라도 하면 뿔로 찔러버리거나 발로 차거나 짓밟아 죽이려고 든다. 황소 기수는 그들이 타는 동물과 같은 체격으로 작달막하지만 육중하다. 로데오 경기 참가자 중 가장 터프하고 가장 몸짓도 화려하다. 현재 챔피언 중 두 명은 도시 출신으로 와츠 출신의 찰리 샘슨은 키가 작고 조용한 흑인이고 바비 델 베키오는 브롱크스 출신의 자신만만한 이탈리아인이다. 그는 중부에서는 잘 볼 수 없는 뉴욕 캐츠킬 스타일의 쇼맨십을 자랑하며 라이딩 후 관객에서 키스를 보낸다. 황소 기수에게는 기술적인 기교와 정교함은 부족한 편이라 새들 브롱크의 기수와 같은 빠르고 날쌘 동작을 볼 수는 없다. 그래서 그는 개인적인 매력으로 쇼를 보완한다. 경기 자체가 치명적일 수 있기 때문에 황소가 처음 돌진할 때도 목을 빳빳하게 세우고 침착한 표정을 유지하는 대담성을 보여주어야 한다. 경기장에는 황소와 카우보이 외에도 다른 세 명의 남자―로데오 광대들―가 있다. 이름은 광대지만 어린이들을 웃기기 위해서가 아니라 황소가 치명적 공격을 하지 못하게 황소의 관심을 흐트러뜨리고 기수가 내동댕이쳐지면 비밀 요원처럼 소와 사람 사이에 뛰어들어 카우보이의 목숨을 구하는 일을 한다.

로데오는 야구처럼 미국에서 발생한 스포츠로 야구만큼 역사도 깊다. 1858년 야구의 아버지 헨리 채드윅이 최초의 야구 책을 쓰고 있을 때 목장 사람들은 마차와 자동차와 굵은 끈으로 막아놓은 임시 경기장에서 청년들에게 25달러씩 주고 다섯 마리의 야생마를 타게 했다. 와이오밍 최초의 상업적 로데오는 1895년 랜더에서 열렸고 19년 후 내셔널리그가 탄생했다. 서부에서는 야구가 버킹(말 타기)과 로핑(황소에 줄 걸기)만큼 인기가 있었지만 뉴욕 쿠퍼스타운에서는 아무도 야생마를 타지 않았다. 그것이 문제였다. 124년이 지난 지금까지도 로데오는 여전히 오해를 받고 있다. (뉴저지, 플로리다와 몇몇 동부 주에도 로데오가 있지만) 야구와는 달리 지방색이 강한 스포츠이며 서부 생활 방식과 서부 정신에서 유래하고 이를 상징한다는 오해다. 사실 로데오에 경쟁과 승리를 위해서 고안된 스포츠로서의 보편적인 매력은 없다. 알다시피 이겨야 하는 두 팀이 공을 던지고 받는 게임은 아니다.

로데오는 목장 노동의 산물이며 목장에 관한 특성 중 일부를 구현한다. 총잡이 기술이 아니라 기마술이야말로 서부 남성들의 자부심이었고, 서부의 규범이기도 한 기사도 정신은 인간들이 하는 모든 게임의 기본 규칙이 되었다. 오클라호마 경기장에서는 위대한 두 동맹 관계를 찬양한다. 먼저 인간과 동물 사이의 연대로, 모든 목장주나 카우보이들에게 없어서는 안 될 필수불가결한 자질이다. 두 번째로는 인간 대 인간, 카우보이와 카우보이의 관계로 동맹 관계의 모든 기쁨과 슬픔을 견뎌내는 일이다.

로데오는 개인주의적인 스포츠이기도 하지만 팀워크와 밀접한 관련이 있다. 자신의 야생마를 '커버(8초 동안 버티는 것)'하는 카우보이는 동물과 한 팀을 이루게 된다. 카우보이들 사이에는 분명 경쟁심이 있지만 양가감정이 드러나는 서부식 외교술도 사용해야 한다. 베어백 라이더인 브루스 포드가 고라운드(황소 위에 올라타기)에서 우승을 차지했을 때 이렇게 소감을 발표했다. "올해 우승에서 가장 힘들었던 부분은 내 가장 친한 친구 중 한 명인 미키 영에게서 트로피를 빼앗아야 했다는 겁니다. 그 친구가 지난 1년 동안 얼마나 고생했는지 알거든요." 또한 스티어 레슬링에서 우승한 스탠 윌리

엄슨은 말했다. "저는 더 좋은 수소를 만났을 뿐입니다. 부치가 나쁜 소를 얻길 바라지 않았어요. 전 운이 좋았습니다."

목장주들은 함께 일해야 할 때 외교술을 발휘하기도 한다. 송아지를 갑자기 세울 때 다른 사람 앞에서 새치기를 하게 되면 사과하고 하루를 마무리하며 서로에게 감사 인사를 할 때는 격식을 차려야 한다. 서부인들이 소에 낙인을 찍거나 소몰이를 할 때 서로 돕는 것처럼 로데오 카우보이도 경기장에서 서로 돕는다. 황소 기수는 새들 브롱크 기수의 말을 안정시키고 고삐를 고정시키거나 안장을 세팅해 주며, 베어백 기수는 황소 기수의 장비 세팅과 밧줄 당기기를 도와줄 수도 있다. 로퍼들은 서로의 말을 빌려준다. 배럴 레이서나 황소 레슬러들도 마찬가지다. 일부러 보여주기 위한 쇼가 아니다. 순수한 선의와 선량한 마음으로 도움을 주고받는다. 한번은 남편이 탄 날뛰는 말이 뒤로 넘어지자 황소를 타던 친구 H. A.가 뛰어들어 남편을 무사히 구해내기도 했다.

로데오가 상징하는 '서부성'은 떠돌이 카우보이들의 모습이기도 하다. 세기말 카우보이들이 비포장도로 여행길에 올랐던 것처럼 오늘날의 카우보이들도 인생의 대부분을 길에서 보낸다. 물론 뒷좌석에 새 셔츠 수십 벌을 실은 핑크색 링컨이나 새로 뽑은 픽업트럭을 타고 라디오를 들으며 가능한 한 스타일리시하게 여행을 한다는 점이 다르긴 하지만 말이다.

어떤 목장주는 '드럭스토어 카우보이'[1]들이 모든 관심과 영광을 독차지하는 모습이 눈꼴사납다며 로데오라는 스포츠를 경시하기도 한다. 게다가 이제 로데오는 실제 목장 일과는 점점 더 관련이 없어

---

1 카우보이처럼 옷을 입지만 카우보이 일은 해본 적 없는 사람을 이르는 말.

지고 있다. 목장에서 일하는 어떤 카우보이가 안장 없이 말을 타거나 황소 등에 올라탈까? 목장주들은 제너럴리스트이기에 다양한 분야의 전문가여야 한다. 선물 시장을 파악하고 트랙터를 정비하고 송아지 바이러스(설사병)를 치료해야 한다. 반면 로데오 선수들은 스페셜리스트다. 아마 마음 속 깊은 곳에서 그들은 서로를 부러워하고 있을지도 모른다. 목장주는 칭찬과 목돈을, 로데오 카우보이들은 동물과 함께하는 안정적인 정주자의 삶, 즉 자신들의 스포츠가 은근히 암시하는 삶을 부러워할 수도 있다.

목장 경험이 없는 사람들은 이 스포츠를 더욱더 꺼려한다. 모든 경기가 눈 깜짝할 사이에 진행되기도 하고 할리우드가 서부 의식을 왜곡하여 신화화한 탓인지 로데오는 진부하고 시대착오적인 동물 학대라 여겨지기도 한다. 하지만 자세히 살펴보면 오히려 그 반대다. 로데오 카우보이들은 비외른 보리[1]나 페르난도 발렌수엘라[2]만큼이나 정교한 운동 능력을 갖고 있다. 그렇기 때문에 그들은 더 이상 목장 출신일 필요도 없고 말들 사이에서 자랄 필요도 없다. 또 하나의 신화를 교정해 보자면, 로데오는 동물에게 잔인하지 않다. 소 목장이나 관광용 목장에서 일하는 '사용마using horse'의 고된 삶과 비교한다면 로데오용 버킹 말은 한량 같은 삶을 산다. 1년 동안의 노동 시간, 말하자면 경기장에서 보내는 시간은 총 4.6분 정도에 불과하며 경기장 안팎에서 그 말에게 하는 어떤 행위에도 잔인함이라는 단어가 붙을 수는 없다. 이 동물들은 매나 강요에 의해 버킹을 하는 것이 아니라 버킹을 사랑해서 한다. 이런 식으로 행동하는 품종이고

1 Björn Borg(1956~). 1970년대 전성기였던 스웨덴의 테니스 선수.
2 Fernando Valenzuela(1960~). 멕시코 출신 LA다저스 투수.

이 능력이 길러지고 권장되는 운동선수용 말이라 할 수 있다. 전국 결승전에 출전하는 카우보이들처럼 미국 내 모든 버킹 경기에서 최고의 황소와 말들이 오클라호마에 출전한다. 기수와 함께 상금을 받고 자신의 방식으로 그 대가를 치르며 산다.

전국 결승전은 열흘간 진행된다. 모든 참가자가 매일 밤 말을 타기 때문에 선수들의 진전과 후퇴를 쉽게 따라갈 수 있다. 어느 날 밤에는 루프탑 좌석을 버리고 뒤에 앉아서 새들 브롱크 경기를 가까이서 지켜보았다. 출발 게이트에서는 두 명의 카우보이가 송진을 문지르고 있었다(송진은 말 위에서 버티게 하는 힘이 된다). 그들의 챕스[3]에도 바른다. 챕스는 부활절 달걀처럼 핑크색, 파란색, 연두색이고 흰 술이 달려 있다. 위 칸에선 마부들이 올라가 말의 교통 상황을 정리한다. '벨벳 드럼'은 게이트 3, '엔젤 싱스'는 게이트 5, '러스티'는 게이트 1에 위치한다. 릭 스미스, 몬티 헨슨, 바비 버거, 브래드 저머드슨, 멜 콜먼과 친구들이 게이트를 기어 올라간다. 내가 앉아 있는 곳에서 보면 다섯 개의 수술실로 나뉜 야전 병원 같고 카우보이들은 외과 의사처럼 이마에 땀을 흘리며 걱정스러운 표정으로 환자를 돌보고 있다. 말들에게 고삐가 채워지고 카우보이들은 고삐의 길이와 안장을 점검한다. 카우보이 한 명은 안장을 몇 번이나 끌어당기며 앞에 뿔이 없는 안장이 꼭 맞을 때까지 위치를 조정한다. 게이트 감독이 그에게 고개를 끄덕이며 말한다. "끌어당겨요. 친구들." 지상 담당은 가장 먼저 출발할 말의 안장 앞뒤 끈을 조이

---

3 chaps. 레깅스와 벨트로 구성된 튼튼한 다리 덮개.

지만 매우 느리고 천천히 한다. 그래야 안장 위에 있는 카우보이들이 안장에 앉아 있지 않고 위에 올라가 있어도 당황하지 않을 수 있다. "오케이. 준비 완료." 게이트 감독이 다시 그에게 고개를 끄덕인다. 이제야 기수는 안장 뒤에 앉아 한 손으로 고삐를 잡고 다른 한 손으로는 게이트의 가장 위를 잡고 있다. 그는 챕스의 펄럭펄럭한 종아리 부분을 정강이 위로 접어 올리고 등자에 발을 집어넣은 채 숨을 크게 한 번 내쉰 후 고개를 끄덕인다. 게이트가 댐처럼 열리고 홍수를 밖으로 내보내는데, 물론 쏟아지는 건 물이 아니라 살덩이이자, 소리이자, 말을 차는 다리다. 말의 요란한 첫 점프에서의 출렁거림은 파도와 같고 카우보이는 파도의 가장 꼭대기에 타 있다. '말에게 표시하기'는 말의 어깨 위까지 발을 뻗어 박차를 미는 것을 말한다. 눈부신 조명 아래 첫 1초 동안 그는 라이딩의 리듬을 찾는다. 다시 한번 '점수 획득'을 하고 그의 다리는 앞으로 뻗어나가며 뒤꿈치가 안장 꼬리에 닿을 정도로 등이 뒤로 눕는다. 잠시 동안 그는 공중에서 무릎을 꿇고 있는 것처럼 보이다가 다시 기지개를 펴고 온몸을 팽팽하게 조였다가 풀며 한 손은 종려나무 잎처럼 머리 뒤에서 흔들고 고삐를 잡은 손은 앞으로 내민다. "엔 가르드![1]" 그는 마치 이렇게 말하는 것 같지만 공중에 떠 있는 상태인 그는 말의 넓은 등에서 돋아난 날개처럼 보인다. 8초. 호루라기 소리가 울려 퍼진다. 말을 커버한 것이다. 이제 흰색 챕스에 새틴 셔츠를 빼입은 두 명의 남자가 버킹하는 말 옆으로 힘차게 뛰어간다. 카우보이가 한 사람에게 고삐를 건네고 다른 사람의 허리를 잡는다. 말의 옆구리 끈은 이제 풀어져서 세 마리의 말이 한꺼번에 달린다. 픽업맨은 카

---

1 En garde. 펜싱에서 '준비'를 뜻하는 용어.

우보이를 데리고 있다가 속도를 늦추어 멈춰서 그를 땅에 내려준다.

와이오밍 출신의 릭 스미스가 흰 셔츠를 입고 창백하고 긴장한 표정으로 라이딩을 시작한다. 그는 말에서 떨어졌고 용감한 몬티 '호크아이' 핸슨도, 부치 놀즈도, 버드 파울리도 모두 8초 안에 떨어졌다. 하지만 그들은 우아하고 당당하다. 전혀 부끄러워하지도 않는다. 오클라호마 출신 카우보이 바비 버거가 83점을 기록하며 우승을 차지했다.

저녁 경기가 끝날 무렵에는 우리도 피곤했지만 매일 밤 말을 타는 청년들만큼 피곤하지는 않았을 것이다. "내 평생 이렇게 아프고 이렇게 재미있는 건 처음이에요." 처음 황소를 타본 사람이 숨을 몰아쉬며 외친다. 모든 퍼포먼스가 끝나면 우리는 도로를 건너서 카우보이들이 가득한 세련된 호텔 로비로 들어간다. 카우보이의 아내들은 내일 남편에게 입힐 다린 셔츠를 들고 사람들 사이를 바삐 뛰어다니며, 로퍼들은 로퍼 가방을 들고 커피숍으로 들어온다. 커피숍에 가득한 참가자들은 야식으로 스크램블 에그를 먹는다. 등에는 비뚤어진 번호표가 달려 있고 얼굴은 먼지로 화장을 한 채 너무 이르게 찾아온 늦은 밤을 맞이한다.

우리는 차를 몰고 모텔로 돌아간다. 도착 첫날, 우리가 한 달 전에 예약했음에도 불구하고 "명단에 없다"고 했던 모텔이다. "저기요. 저희 신혼여행이거든요." 나는 직원에게 말하면서 어머니가 더플백에 묶어둔 흰 리본을 팔랑거렸다. 그는 당황해하면서 우리보다 더 늦게 온 예약자의 방을 내주었다.

오클라호마에서 열리는 로데오 결승전은 어쩌면 파리보다 더 환상적인 신혼여행지인지도 모른다. 우리는 일주일 내내 경기를 관찰하며 게임의 규칙 몇 가지를 배웠다. 좋은 로데오란 무엇일까? 좋은 결혼이나 완벽하게 연주되는 악기처럼 처음 시작했던 상태를 넘어선다. 노력 없음처럼 보이는 노력의 소산이다. 조화는 축복이 되고 사랑은 우정으로 깊어진다.

오늘밤 우리가 본 동물과 함께하는 행사에서는, 인간이 말이나 황소를 이겼다는 개념은 없다. 경기의 핵심은 정복이 아니라 친교이며, 두 존재가 리듬을 맞춰가며 하나가 되는 과정이다. 로데오는 대결의 스포츠가 아니기에 스크리미지 선[1]이 없다. 어느 누구도, 동물도, 가축 도급업자도, 참가자들도 적개심을 품지 않고 누구도 상처받거나 부상당하기를 원치 않는다. 동등한 재능과 자격을 갖춘 이들의 매치에서 카우보이와 말이 공중에서 하나로 결합하기 위해서는 오직 수용, 항복, 존중, 기백만 있으면 된다. 결혼 생활을 이제 막 시작하는 커플이 지니기엔 꽤 괜찮은 가치들 아닌가.

---

1 scrimmage line. 풋볼 용어로, 경기가 시작될 때 공의 중앙을 지나 사이드라인에서 사이드라인까지 뻗는 가공의 선.

11장

두 세계에서 살기: 크로우 페어와 선댄스

폭풍우가 휘몰아치던 어느 6월, 나는 혼자 목장에서 송아지를 끌고 있었다. 한 손에는 손전등을 들고 다른 손에는 1.8미터 길이의 도르레같이 생긴 '송아지 끌이calf puller'라는 이름의 기구를 잡고 있다가 진흙탕에 넘어졌고, 송아지의 불룩 튀어나온 옆구리에 쿵하고 부딪쳤다. 나는 송아지에게 아프게 해서 미안하다고 속삭였다. 이 날의 천둥 번개가 얼마나 강력했던지 이웃 목장 친구들이 "커피 잔을 들고 있다가 놓쳤다"고 말하기도 했다. 다시 일어서는데 비가 목초지를 파도치듯 들쑤시더니 하늘 극장에서는 번개 영화 세 편이 동시 상영을 했다. 레드 베이슨의 기울어진 메사에 굵은 번개의 뿌리가 직선으로 꽂혔다. 가까이 보면 넓게 퍼지는 번개 떼들은 한꺼번에 공중으로 들어 올려진 번쩍번쩍한 수십 대의 자동차 후드 같다. 내가 체인을 들고 어미 배에서 막 나온 송아지의 앞발을 묶으려고 할 때 내 어깨 뒤로는 대포에서 탄알이 아닌 꽃 덩굴이 발사되는 것처럼 번개가 터져 나왔다. 이렇게 유령이 떠돌고 있을 것 같은 초현실적인 광채 속에서 송아지는 죽은 채로 태어났다. 37도를 웃도는 더위가 계속 되다 오랜만에 쏟아진 비였기 때문에 다음날 아침은 시원하고 상쾌했다. 나는 미끌미끌한 보라색 탯줄을 자르고 송아지

발을 올가미로 묶은 다음 초원에서 픽업트럭까지 끌고 갔다.

이렇듯 목축업이란 정자, 피, 내장을 손에 묻히고 끊임없는 눈보라, 한랭전선, 가뭄, 더위, 돌풍에 노출되는 일이니만큼 우리는 삶을 살며 의식을 치르는 느낌이다. 원시적이고 충동적이지만 탄생, 죽음, 잡일, 계절이라는 서사의 끈은 우리를 계속 잡아당겨 우리가 이 생명이라는 줄과 불가분하게 얽혀 있다는 사실을 되새기게 한다. 미국인들 삶의 너무 많은 것들이 사회 질서를 이루기 위한 필수 요건에 부정적인 영향을 미쳤다. 우리는 기억을 잃어버린 문화에서 산다. 우리 조부모 세대의 오랜 전통과 구체적 삶의 형태는 오늘날 우리가 어떻게 살아야 하는지, 우리가 누구인지, 이 사회의 구성원으로서 어떤 요구를 받게 될지 알려주지 못한다. 20대 때 예민하게 느낀 막연한 소외감은 10여 년이 지난 지금 딱하고 안쓰러운 집단적 우울증으로 대체되었을 뿐이다. 멋진 커리어도 갖고 가정도 이루었지만 이 사회의 어디에, 어떤 방식으로 속해야 할지 모른다. 변화하는 삶의 조건은 한때 우리가 같이 나눠 쓰던 가축들의 물통처럼 우리를 하나로 동화시키지 못한다. 그러나 우리의 감각만큼은 매일 새롭게 살아나는데—그것만이 우리가 지니고 있는 유일한 맥락이기에—변화에 대한 갈망을 지겹도록 또 다른 변화로 채운다.

목장에는 크고 작은 의식이 있고, 사적이고 비공식적인 리추얼이 있다. 봄에는 목초에서 말을 타고, 8월에는 산벚나무 열매를 따고, 가을에는 사슴 가죽을 벗기며 마치 법처럼 정해진 경험 속에서 평범하고 고된 노동과 노동 사이 형용할 수 없는 희열을 체험하며 살아간다. 이 리추얼들은 결혼식이나 양치질이 그런 것처럼 삶의 방향과 같이 흘러간다. 이 리추얼을 통해 바쁘게 돌아가지만 더 이상

줄일 수 없는 삶의 조건과 실존적인 고독을 타협해 나간다.

나는 5년 연속으로 25제곱킬로미터 규모의 초원 네 곳에서 스탠과 메리 부부를 도와 소를 몰았다. 첫날에는 새벽 3시에 출발했다. 빛이 우리를 감싸기 시작하자 초승달은 가늘어지고 또 가늘어졌다. 두 마리의 건장한 해리퍼드 종 황소들은 스트로브잣나무의 뾰족한 잎들 사이로 부는 상쾌한 공기를 킁킁대며 맡고 있었다. 황소들은 달빛을 피해 나무 그늘로 숨었는데 그 소들 몸의 성적인 열기가 너무 강해서 더 이상의 빛을 받아들일 수 없는 상태 같았다. 일주일 내내 우리는 암소, 송아지, 황소를 데리고 보랏빛 미나리아재비가 활짝 피는 황토 땅을 지났고 회색 퇴적암 언덕을 내려갈 때면 우리의 해리퍼드 황소들이 땅을 페이스트리처럼 얇게 저몄다.

한번은 우리가 마지막 관문을 통과하기 직전 갑자기 600마리의 송아지들이 뒤돌아 달리기 시작했다. 사실은 앞에서 가고 있었던 어미 소들이 그들 뒤에 있다고 생각한 것이다. 우리 네 명이 황급히 세이지브러시를 뚫고 달려 송아지를 빙 둘러싸서 그들의 행진을 저지하려 했지만 우리가 거의 따라잡을 무렵, 송아지들은 이미 폭포 밑 개울을 건너 이미 지나온 목초지로 다시 가버렸고 우리는 처음부터 다시 이 아이들을 몰고 와야 했다. 시즌 중반의 소몰이는 대략 6일 정도 걸린다. 우리는 이때 같이 24시간 함께하고 먹고 합숙하고 소를 쫓아 다니고 소 캠프의 커다란 아연 욕조에서 번갈아가며 목욕을 한다. 한 주가 끝나갈 무렵에는 각각의 어미 소와 새끼 송아지를 잘 맞게 짝지어 준 후에 무리에서 분리해 준다. 이는 기수와 기수, 기수와 말 사이의 완벽한 팀워크와 타이밍이 필요한 작업이다. 그렇게 동고동락하는 사이 우리 사이에 친밀감이 피어나고 자란다.

다른 시즌에는 흔적 없이 사라지지만 매년 약간의 에로틱한 느낌까지 가미한 친밀감은 우리를 찾아오고, 우리는 반가워하며 맞아들인다.

7월, 지난 밤 새벽 1시부터 4시까지 나는 픽업트럭 침대에 친구와 앉아서 우리 머리 위로 춤을 추며 쏟아지는 별똥별을 바라보았다. 그 배경으로는 하늘의 수많은 작은 태양들이 스프레이처럼 펼쳐져 있었다. 우리 주변으로 별이 너무 많이 떨어져서 이러다가 낮처럼 환해지는 것은 아닌가 싶기도 했다. 우리는 태양 또한 언젠가 다 타버릴 운명의 작은 별 하나라는 사실을 잊곤 한다. 결국에는 덧없음으로 귀결되는 이 우주적 시간의 규모는 인간의 규모를 훨씬 뛰어넘는다. 그렇기에 평소 우리는 생명을 지켜주는 이 자산에 무조건적으로 의존하면서 우주가 영원할 거란 생각이 어리석다는 사실은 잊고 산다.

최근에 천문학자들은 태양 주변에서 새롭게 만들어지고 있는 또 다른 태양계를 발견하여 우리가 우주를 지배한다는 가정에서 비롯된 집단적 나르시시즘에서 깨어나게 했다. 우리는 이제 새로운 생명의 가능성에게 자리를 마련해 줘야 한다. 젊은 부부가 아이 방을 만들어주듯, 원망이나 기대 없이 그렇게 해야 한다. 우연히도 새로운 태양계 발견 소식은 카이오와 족 친구의 초대로 태양의 춤, 그러니까 선댄스에 참석하던 날에 들었다.

우리 주변에는 인디언 이웃들이 많다. 북쪽에는 크로우 족과 샤이엔 족, 남쪽에는 쇼쇼니 족과 아라파호 족이 있다. 우리는 이 부족민 바로 옆에서 목장을 운영하고 술을 마시고 로데오를 하고 같은 카우보이 유니폼인 랭글러 진, 키 큰 부츠, 챙이 넓고 깊은 모자를 착용하지만 그들과 우리의 정신세계, 스타일, 기질은 유사하기보다는 이질적인 부분이 많다.

기독교인들이 신대륙 문화를 형성했기 때문에 우리는 신성한 것과 불경한 것 사이의 인위적인 구분을 억지로 받아들여야만 했다. 아메리카 원주민 같은 많은 서부인들이 이 거친 바람 속에서 자신만의 삶을 일궈왔고 맑은 눈과 밝은 귀로 엘크가 어디 숨어 있고 가을에는 언제 소를 쳐야 하는지 알아가면서 매 계절에 따라 의식을 치렀다. 그들은 저녁 식사를 위해 돌로 닭의 머리를 내리쳐 잡을 수 있고 수 족의 전사들처럼 사나운 폭풍우를 능숙하게 헤쳐 나가지만 그 과정에서 스스로를 치켜세우며 선지자, 점쟁이, 치료사가 되려 하진 않는다.

목요일 새벽 2시에 차를 타고 출발해 인디언 보호구역으로 향했다. 도착했을 때도 여전히 사방이 어둑하고 고요했다. 서쪽의 산맥까지 펼쳐져 있는 넓은 평원에 춤을 추기로 한 남자 100명의 가족들이 이미 캠프를 세워놓고 있었다. 각 캠프마다 흰색 캔버스 캐노피 천막이 드리워져 있고 프레임 텐트도 쳐놓았으며 앞으로 나흘 동안 의식이 열릴 롯지(산장) 주변에 직사각형의 임시 정자도 세워 놓는다. 새벽 5시, 아직도 별이 드문드문 떠 있었다. 북서쪽에는 마치 확대된 것 같은 북두칠성이 걸려 있고 동쪽에는 피처럼 보이는 넓은 띠가 태양을 예고하고 있었다. 나는 어둠 속에서 땅에 철퍼덕 앉았다. 이제 잠에서 깨어난 '댄서'들이 롯지 밖으로 걸어 나왔다. 별무늬 퀼트 이불을 머리 위에 덮고 엄숙하게 두 개의 이동식 화장실 앞에 두 줄로 서 있었는데 나는 그들이 벌써 춤을 추고 있는 줄 알았다. 그 혼자만의 착각에 웃으면서도 이 선댄스 의식의 신성한 기운은 중요 의식이 치러지는 롯지뿐만 아니라 모든 곳에 있음을 이해하게 되었다.

선댄스는 1750년 이후 샤이엔 족에서 시작해 수 족, 블랙풋 족, 그로반트 족, 아시니보인 족, 아라파호 족, 배녹 족, 쇼쇼니 족으로 퍼진 평원 부족의 가장 신성한 종교 의식이다. 이 의식은 단순히 '태양 숭배'가 아니라 이 땅과 모든 부족의 건강, 활력, 조화를 회복할 수 있기 위한 재생의 능력을 찾는 행사라 할 수 있다.

올해 춤을 추겠다고 자원한 100명의 댄서들에게(그들은 평생 네 차례의 선댄스에 참여하겠다고 서약한다) 이 태양의 춤은 진지하고 고통스러운 의무로 '갈증의 나흘'이라고도 불린다. 이들은 나흘 동안 물도 음식도 섭취하지 않는다. 올해 37도를 웃도는 더위가 이어지고 있어 이들의 고통은 거의 극한에 이르게 될 것이다. 의식은 동트기 전에 시작해 종종 새벽 2시까지 이어진다. 이 기간 동안 이들은 반드시 롯지에만 머물러야 한다. 춤을 추지 않는 사람에게 말을 걸거나 눈을 마주치는 것은 금지되어 있고 행사 종료 전에 포기하는 것은 수치로 여겨진다.

태양의 춤은 1880년대에는 정부 탄압으로 인해 금지되었고 최근에야 완전한 부흥이 이루어졌다. 그 사이 어떤 부족은 비밀리에 의식을 치렀고 어떤 부족은 중단했다. 우리 집 근처의 부족인 그로반트 족의 조지 홀스 캡처는 선댄스를 한 번 수료했고 내가 읽고 있는 돌시, 크로버, 피터 파월 등의 책을 읽으며 이 전통을 다시 배우고 있다.

"어젯밤 여기서 잤수?" 부족의 원로 노인이 물었다. 등이 굽고 매부리코에 파란색 농부 모자를 쓰고 조잡한 조각이 새겨진 소나무

지팡이를 짚고 있었다. "아니요. 새벽에 셸에서 차 몰고 왔어요." 아무리 둘러봐도 내가 이곳에서 유일한 백인인 것 같아 괜한 자의식을 느끼며 말했다. "아. 거 참 대단하네. 그렇게 일찍 일어나서 예까지 오다니. 정신력이 강한 사람이네. 잘 왔수. 좋은 경험 될 거야."

그의 동그란 눈이 가늘어지더니 멀리 걸어가서는 큰 북이 보관되어 있는 창고 옆에서 세 명의 십 대 소녀들에게 다가갔다. "너희들 술 안 마셨지?" 그가 물었다. "네." 그들은 한 목소리로 대답했다. "잘했네. 아무와도 싸우지 마라. 술이 없어야 평화가 있다." 그는 나를 다시 지나서 둥그렇게 둘러싼 텐트와 롯지 사이의 마른 땅으로 들어갔다. 콜맨 랜턴에 불이 켜졌고 노인 뒤에 있는 티피 천막에 빛이 들어왔다. 그는 양손을 지팡이 위에 짚은 후에 야영지 전체에 울려 퍼질 만큼 크고 쉰 목소리로 아라파호 족의 모닝 송을 불렀다. "일어나라. 모두가 일어나거라." 이렇게 시작하는 노래는 하루를 기꺼이 즐겁게 맞이하라는 격려의 말로 이어진다.

하늘이 밝아지면서 햇살이 분홍빛 방패처럼 세상을 감쌌다. 처음 도착했을 때 하얗게 빛나던 초승달은 푸르게 변했다. 또 다른 목소리들이 들려왔다. 날카롭고 거칠고 조금은 경륜이 부족한 듯한 목소리가 북쪽에서부터 울려 퍼졌고 그의 노래는 첫 번째 전령의 노래와 겹쳤다. 그를 보았다. 더 젊은 남자지만 어깨가 나무처럼 굽어 있었다. 그는 노래를 부르며 단단한 땅 위를 걸어 다녔는데 마치 디킨스 시대에서 온 사람처럼 보이게 만드는 그의 낡은 트위드 재킷이 바람에 흔들렸다. 남쪽과 서쪽에서도 두 전령의 노래가 들렸다. 이 네 곡의 노래가 겹쳤다가 잦아들었다가 다시 시작되었다. 실루엣만 남은 남자들은 수평선 너머의 유령처럼 보였고 그들의 나이와 권위는 오직 성대에만 있는 듯 형체가 없어 보이기까지 했다.

첫 번째 하루가 밝았다. 롯지 안에서 댄서들이 옷을 갈아입고 있었다. 체육복 반바지(인디언 전통 의상인 브리치클라우트의 현대식 대체물이다)를 입고 하얗고 길며 몸에 꼭 붙는 시스 스커트를 입은 다음 비즈 장식이 달린 허리띠를 매고 댄스 치마를 두른다. 이 댄스 치마는 각각 앞치마 뒤 치마 격인 두 개의 긴 패널에 구슬, 리본을 비롯해 나름대로 다양한 장식으로 꾸며서 만든다. 모든 남성들은 비즈와 장식이 달린 모카신을 신고 다리와 가슴은 드러낸다. 얼굴, 가슴, 팔, 손바닥에는 노란색 물감을 칠하고 가슴, 발목, 손목, 얼굴에는 검은 줄을 긋기도 한다. 앞치마에는 치유와 호흡을 상징하는 세이지 네 다발을 묶어 걸어놓고 손목과 팔목에는 세이지를 얇게 땋아 만든 팔찌와 발찌를 두르고 왕관에는 마치 두 개의 안테나처럼 두 개의 세이지 줄을 느슨하게 달았다.

아침 해가 활동의 시작을 알린다. 롯지가 채워지기 시작한다. 이 롯지는 35미터 길이의 긴 통나무집으로, 벽은 짚으로 가려져 있다. 열여섯 면으로 된 벽이 중앙에 있는 커다란 목화나무 기둥을 중심으로 둘러져 있다. 100년 된 나무의 몸통 위로 뻗은 꼭대기 가지가 꼭 사슴뿔 같다. 나무 기둥에 흰 천이 밧줄로 묶여 있고 머리 위 네 개의 소나무 가지에는 부족민들이 걸어놓은 반다나, 실크 카우보이 스카프, 숄이 매달려 있는데 이 천에 새겨진 건강과 행복을 기원하는 상형문자들이 띄엄띄엄 보이기도 한다.

댄서들은 동쪽을 향해 원을 그리며 서 있고 그 옆으로 나이 지긋한 남자들이 무리지어 들어온다. 이들은 (혈연이 아닌 의례적으로 연결된) '할아버지'들로 나흘간 고된 시련을 겪는 젊은이들을 돕고 보살피는 역할을 한다.

아침 해가 뜨기 전 내가 기대고 있었던 작은 헛간의 문이 열리자 진행자의 전용 자리가 되었다. 그 안에 있던 북을 꺼내 롯지 입구에 설치한다.

빛은 활동을 낳고 활동은 빛을 낳는다. 하늘은 건조하고 하얗고 불타오르는 듯하다. '할아버지들'처럼 보이는 11명의 북 치는 사람들, 아마도 목장주인 이들은 북을 둘러싼 금속 접이식 의자에 앉았다. 곧 아라파호 족 언어와 영어로 안내 방송이 흘러나온다. 댄서의 친구와 친지들이 롯지 앞에 줄을 서 있다. 난 어쩌다 보니 인디언 여인들 사이에 끼어 있다. 북과 노래와 댄스가 갑자기 동시에 시작한다. 스텝으로 이루어진 춤이라기보다는 제자리에서 추는 절제된 춤이다. 댄서들은 동쪽으로 몸을 향하고 독수리 날개 뼈로 만든 호루라기를 다 같이 크게 불면서 북소리에 맞추어 발뒤꿈치를 위아래로 튕기며 춤을 춘다. 높고 강렬한 목소리로 태양의 춤을 위해 특별히 창작된 노래를 연이어 부른다. 숨 가쁘게 이어지는 맥박의 리듬이 너무 세차고 강해서 하늘 위의 태양을 땅으로 끌어 내릴 것만 같다.

산장 뒤편에 미리 발견하지 못했던 매우 중요한 두 남자가 서 있었다. 그들의 얼굴에는 노란색이 아니라 빨간색 물감이 칠해져 있는데 이는 교관, 서약자, 사제 같은 높은 지위를 상징한다. 둘 중에 더 키가 큰 사람이 독수리 깃털(낮의 새)이 달린 링(태양)을 들고 있다. 그 뒤에 서 있는 '할아버지'는 링을 든 앞 사람 손을 최대한 높이 들어 올렸다가 그 팔을 위아래로 크게 움직이며 활 모양을 만든다. 어느 순간부터는 이 깃털 태양이 저절로 움직이는 것만 같다.

어깨에 온기가 느껴졌다. 해가 수평선 위로 떠오르자 댄서들은 앞으로 팔을 쭉 뻗어 태양이 떠오르는 속도에 맞춰 팔을 들어 올렸다. 북 치는 자들의 목 뒤에서 노래가 흘러 나왔다. 댄서들의 단단한 가슴 위의 피부가 조금씩 출렁였는데 마치 내면의 떨림이 겉으로 드러난 듯했다. 태양의 빛이 댄서들의 얼굴에 닿자 그들 자체가 태양으로 만들어진 존재들로 보였다.

일출 행사는 8시에 끝났다. 거의 두 시간 동안 춤을 추었고 빛은 벌써 뜨거워지기 시작했다. 픽업트럭이 캠프를 누비고 어린이들은 어디에서나 얌전히 놀았다. 친구의 캠프로 걸어가면서 인디언의 넓고 단단한 몸이 어떤 방식으로 수용의 정신을 상징하는지 이해했다. 내가 방금 목격한 의식에서는 댄서도, 참관인도, 어린이도, 사제도, 북 치는 이도, 그 어느 누구도 자기 자신에게 집중하지 않았다. 박수도 없고 경박함도 없었다. 가족은 마치 야구 경기를 보고 돌아가는 것처럼 천천히 캠프로 돌아갔다. 내가 (이미 햇볕에서 피할 수 있는 쉼터가 된) 덤불로 덮인 정자에 들어가 피크닉 테이블에 앉자 친구는 내가 애타게 갈구했던 커피 한 잔을 주었다. "댄서들은 자신을 위해서가 아니라 우리 모두를 위해 춤을 추는 거야." 친구가 말했고 우리는 말없이 잔을 비웠다.

나는 (직사광선 밑에 하루 종일 서 있기에는 너무 더워서) 선댄스 행사장을 오며 가며 했고 의식은 하루 종일, 대체로 매일 밤에도 계속되었다. 9시가 되면 '행사 도우미runner'들은 늪에서 갈대를 베어 댄서들의 침대를 덮어준다. 장검처럼 생긴 긴 갈대 잎의 수분이 남자들의 더위를 식히는 데 도움이 된다. 10시가 되면 댄서 가족들이 특상을 차려놓고 감사 기도를 드린다. 아마 이 냄새는 댄서들에게는 매일의 고문이 될 것이다. 고기, 스튜, 튀긴 빵 냄새가 공간을 채웠다가 사라진다. 아침의 북 치는 자들은 새로운 주자들로 바뀌고 노래가 다시 시작되자 일어설 수 있는 댄서들은 일어나 춤을 춘다. 참가자들은 하루에 일정 시간 동안은 춤을 추어야 하지만 너무 몸이 약하거나 아프거나 환각에 시달리면 갈대 매트에서의 휴식이 허락된다.

"선댄스 중에 비 오면 어떡해?" 나는 카이오와 족 친구에게 물었다. "비 안 와." 그녀는 다소 퉁명스럽게 대답했다. 오전 11시쯤에는 기온이 37도까지 올라갔다. 우리는 차를 몰고 서쪽에 있는 친구 소유의 땅에 가서 옷을 벗어버린 후 강물에 뛰어들었다. 친구의 갈색 몸은 내 하얀 몸 옆에서 위로 떠올랐다 가라앉았다. 우리 뒤에는 색깔이 있는 바위 벽이 물 위로 솟아 있었는데 그것은 수 킬로미터에 걸쳐 구부러진 가죽 같은 절벽의 일부였다. "선댄스에서 사용하는 페인트가 저기서 나오죠." 친구의 남편이 동굴을 가리키며 말했다. 그는 강 상류의 굽이진 지점에 둥둥 떠 있었다. 넉넉한 뱃살을 자랑하는 그는 여자들이 많은 가족의 남자답게 만족스러운 표정이었다. 아내와 두 딸, 딸들을 위한 젊은 가정교사까지 있으니 말이다. 전날 밤 이 부부는 이곳에서 결혼기념일 축하 파티를 했다. 식탁 위는 멕시코 음식으로 가득했고 헬스 엔젤스[1]의 회원들로 구성된 것만 같은 5인조 멕시코 밴드도 있었다. 차로[2]가 날렵한 말 네 마리로 말 타기 묘기를 선보였다. 정유 공장에서 헬리콥터를 타고 온 두 명

---

1 Hell's angels. 미국 모터사이클 클럽으로 근육질에 타투를 한 거친 남성들의 모임이라는 이미지가 강함.
2 charro. 멕시코 전통 승마인.

의 손님도 있었고 우리 공통의 지인인 유대인 하버드 교수는 거대한 합판 케이크처럼 생긴 비키니를 입고 나타났다.

래빗 롯지의 남자들은 파티에 간 사람들만큼이나 늦게까지 춤을 추었다. 다음날 아침 새벽 4시 30분에 도착하자 지팡이를 짚은 노인이 이번에는 나에게 바로 다가왔다. "윗옷은 없나? 그렇게 입으면 춥잖아." 그는 툭 내뱉었지만 나를 반긴다는 걸 알 수 있었다. 댄서는 담즙을 뱉으며 화장실과 롯지 사이를 오갔다. 내 친구가 한번은 그들에게 선댄스를 어떻게 준비했는지 물은 적이 있다고 한다. "준비는 안 하죠. 고통에 대비하는 방법은 없으니까요." 댄서들이 점점 지쳐 보이기 시작할수록 노래 소리는 더욱 커졌다. 놀라운 성량으로 음정을 정확하게 바꾸면서 진성과 가성을 자유자재로 오가는 그 소리가 우리 모두에게 활력을 불어넣었다. 이제는 북 치는 사람들이 댄서들에게 해를 떠오르게 만들었다.

정오다. 한낮의 뜨거운 태양 아래, 샤워를 하고 얼굴과 몸에 새로 물감을 칠한 댄서들이 롯지 앞으로 나왔다. 할아버지들은 부드러운 세이지 빗자루를 물에 적셔 남자 댄서들을 닦아준다. 이때도 물 한 방울 마시지는 못한다. 가족들이 모여들고 지켜보면 댄서들은 시선을 땅에 고정하고 있다. 나는 차마 이들 가까이로 다가갈 수가 없었는데, 꼭 용서받을 수 없는 사생활 침해 같았다. 그들이 상반신을 노출해서가 아니라(그들은 운동용 반바지를 입고 있었다) 극심한 갈증을 느끼는 사람을 보는 것이 잘못처럼 느껴졌기 때문이다. 누군가 내 뒤에서 농담을 했다. 이제 저들은 태양의 춤이 아니라 기우제 댄스를 춰야겠네.

지금 생각해 보면 그 빗자루 샤워 장면에 대한 나의 감상은 틀린 것 같다. 이제는 그 황량함마저 아름다운 장면으로 다가온다. 오후 내내 남자들은 태양 아래에서 춤을 추었다. 한 번에 두 명, 여덟 명 혹은 스무 명씩 춤을 춘다. 공기가 너무 건조해서 그들의 몸에서 수분이 빠져나간 듯 그들의 움직임에는 무게가 전혀 없어 보였고 몸은 조개껍데기처럼 얇고 건드리면 부서질 것만 같았다. 중요한 것은 그들이 하고 있는 희생의 고통이 아니라 그들이 스스로를 통해 보여주는 자기 비움이었다. 이는 작별, 입소, 복귀라는 오래된 의식을 상징한다. 그들은 오직 춤을 추기 위해 일과 가족을 떠나고 육체적 고통과 심리적 변화에 직면한다. 태양은 사사로운 집착과 좁은 마음을 태워버릴 것이고 그들은 변화된 모습으로 돌아올 것이다. 여기에서 나는 집단적 영웅들을 만나고 있었다. 그들의 얼굴을 아무리 살펴봐도 그 안에는 순교자도, 극적인 연기자도, 안티 히어로도 없었다. 그들은 자신의 고통을 모아 우리에게 돌려준다. 우리의 죄를 위해서가 아니라 우리의 심장에 불을 지피기 위하여 춤을 춘다.

저녁이다. 오늘밤에는 관중이 더 늘었다. 아기를 안고 있는 젊은 인디언 여자들이 롯지 앞으로 이동했다. 엄마들은 북소리에 맞추어 아기를 흔들었고 저녁 내내 어떤 아기도 울지 않았다. 땅에서 열기가 솟구쳤다. 사실 모든 것이, 그러니까 뼈로 만든 호루라기, 팔들, 별들, 성기들, 튀김 빵의 효모, 세이지 냄새 등이 땅 위로 솟아오르는 듯했다. 가슴이 벅차오르는 느낌이었다. 이즈음 캠프에서 도는 농담이 있으니 바로 '선댄스 베이비'다. 확실히 밤이면 티피 천막 위로 무언가 부풀어 오르는 듯한 분위기가 떠도는 건 사실이지만 그 이상이 있다. 일부 부족들 사이에서는 이 의식에 '신성한 여인'이 참석하기도 한다. 태양은 '남성의 힘'을 상징한다. 여인이 사제에게 자신의 몸을 바치는 순간 두 사람의 결합은 땅, 물, 인간의 재탄생을 의미하고 우연히 이때 아이를 잉태하게 된다면 부족은 그 아이를 평생 특별한 경외심으로 대한다.

새벽이다. 아침에 나는 잠깐 졸도했다. 내 앞에서 춤을 추던 가냘픈 청년이 고통에 몸부림치는 것 같았다. 다른 댄서의 얼굴은 녹색으로 칠해져 있었다. 그들이 나를 기절시켰다는 말이 아니라 내가 그들을 대신해 기절한 것 같다. 내 뒤에 있던 여자들이 지체하지 않고 나를 일으켰다. 정신을 차리자 고생도 하지 않으며 졸도한 내가 바보처럼 느껴져 힘을 내 끝까지 서 있었다. "백인들은 체질상 물 없이 며칠을 버틸 수 없다고 하더군요." 나중에 한 백인 친구가 말했는데 나에게는 인종차별적인 발언으로 들렸다. 그녀는 이전에 의사에게 단식을 제안받았지만 이런 이유로 거절했었다고 한다. "체질이라기보다는 희망과 두려움이라는 개념과 관련 있는 것 같은데요." 그녀가 들판을 지나 차까지 걸어갈 때 나는 혼자 조그맣게 중얼거렸다.

오후다. 5시가 되자 댄서 둘만 서 있었다. 더위 때문인지 공기 속엔 세이지 냄새와 소변 냄새가 섞였다.

저녁 늦게 우연히 오클라호마에서 온 두 명의 십 대 소년 옆에 서 있었다. 내가 자기들 엄마뻘인지도 몰랐던 그들은 나에게 작업을 걸다가 갑자기 잔인할 정도로 냉정하게 말했다. "우리 할머니는 백인 관광객들 싫어해요." 한 소년은 내 가슴을 쳐다보다가 불쑥 말했다. "당신들은 이 의식의 의미를 알려고 온 것도 아니잖아요." 내가 대답했다. "어떤 쪽이든 인종차별은 안 하는 편이 좋은 거야." 그들은 자리를 떠버렸지만 나중에 마주치자 미안한 듯이 웃어보였다.

중간에 휴식 시간이 있었고 친구의 볏짚 정자에서 커피를 마시는데 댄서의 아내가 수심이 가득한 표정으로 말했다. "남편 얼굴에 죽음이 드리운 것만 같아요." 길게 땋은 검은 머리가 벨트 버클까지 내려온 한 젊은 청년이 양쪽 무릎에 아기를 올려 안고 있었는데 나는 그렇게 온화하고 편안하게 아기를 돌보고 있는 남자를 본 적이 없었다. 시원한 미풍이 우리에게 부채질을 해주었다. 24시간 내내 이어지는 북소리와 춤의 리듬은 낮과 밤을 똑같이 만들었다. 잠자는 시간은 기다리는 시간과 같은 의미로 받아들여졌고 마침내 둘 사이에 차이가 없어졌다.

일요일. 오늘 산장에는 참전 용사들이 갖고 있던 두 개의 성조기가 게양되었다. 내 근처에 있던 한 남자의 댄스 앞치마 모서리에는 미 해군 휘장이 꿰매져 있었다. 그는 전쟁 영웅이었고 고향을 떠나 먼 타향에서 메달을 받았다. 부족 공동체라는 맥락 밖에서, 저 머나먼 베트남에서 작별, 입소, 귀환의 의식이 치러졌으나 사실은 이별, 무감각, 추방에 불과했다.

오후의 춤이 진행되는 동안 인디언 전통인 선물 교환 의식이 진행되었다. 친구, 친척, 존경하는 사람들과 정중하게 선물을 주고받으며 경의를 표하는 의식이다. 진행자 좌석 앞의 한 테이블은 푸짐한 음식으로 가득했고 다른 테이블에는 펜들턴 담요, 숄, 비즈 작품들이 쌓여 있었다. 확성기 소리는 드럼 소리를 압도했고 사람들은 서로서로 모든 선물을 나누었다. 픽업트럭이 캠프를 가로질러 지나갔고 먼지 한 겹이 낮의 강렬한 햇살을 가렸다. 한 노인은 첫 선댄스를 마친 후 자신이 가진 모든 재산인 말, 마차, 옷, 겨울 담요 등을 전부 기부했다고 말했다. "하지만 결국 다 돌아오더군." 마치 이 의식을 관통하는 낮과 밤의 리듬이 더 거대한 조류의 리듬을 의미한다는 말 같았다.

저녁이다. 롯지 한쪽의 짚벽은 치워졌다. 이제 댄서들은 서쪽을 향해 서 있다. 얼굴에 새롭게 점, 줄무늬, 구부러진 선을 칠한 100명의 남자들이 열정적으로 춤을 추고 이들은 짧은 동작으로 마치 피로함을 쫓아내듯 그들 앞에 있는 독수리 부채를 흔든다.

친구에게 태양의 춤인데 행사가 밤에 종료되느냐고 물었다. 친구는 말했다. "태양은 항상 완전한 원을 그리잖아. 그래서 우리에게 낮과 밤이 있는 거고." 댄서들의 얼굴에서 태양의 빛이 걷히더니 태양은 산 너머 먹구름 속으로 쏙 들어갔다. 롯지에서 나오는 모든 움직임은 하나의 새떼가 나를 향해 이동하는 것처럼 내 앞에서 V자를 만들었다. 말이 없는 의식은 이렇게 진행되는 것인가 보다. 춤과 휘파람 소리가 다 함께 하늘로 솟구쳤다. 매 시간 점점 커지는 소리가 가깝게 들렸다가 잦아들었다. 남서쪽에서 첫 별이 떴고 머리 위의 딱딱한 돔처럼 느껴지던 북소리와 노래도 멈추었다.

안도의 외침과 박수 소리가 들리는 가운데 댄서들은 쉰 목소리로 숨을 내뿜었는데 마치 고래가 물속에 너무 오래 있다가 물 위로 튀어 오르며 내는 소리 같았다. 그들은 롯지 앞으로 달려가 세이지 팔찌와 왕관을 벗어 던졌고 차례로 무릎을 꿇고 나무 그릇에 담긴 초크체리 주스를 마셨다. 나흘 만에 처음 마신 음료였다.

내 옆에 서 있던 가족이 조심스럽게 롯지에 다가갔다. "저기 있네." 어머니가 말했고 가족은 한 댄서에게 다가갔다. 30대의 건장한 남자였는데 살집으로 두툼했던 허리가 홀쭉해져 있었다. 남자의 아내와 아버지는 그의 등에 팔을 둘렀고 어머니는 앞에 서서 아들을 유심히 바라보았다. 아들은 어머니에게 자기 그릇에 있는 단물을 건넸다. "오늘은 가능한 한 당신 가까운 곳에 있으려 했어. 당신 나 봤어?" 아내가 물었다. 그는 고개를 끄덕이며 미소를 지었다.

몇몇 어린이들은 롯지로 달려가 댄서들의 침대였던 납작해진 갈대를 들고 이리저리 흔들었다. 북 치는 사람 한 명은 특이하고 허스키한 목소리의 에너지가 넘치는 남자였는데 우리 일행에게 다가와 악수를 청했다. 우리를 몰랐지만 상관없었다. "함께해 줘서 고맙습니다." 그는 계속 같은 뜻의 말을 다르게 하더니 기분 좋게 웃으며 걸어갔다. 내가 지켜보던 댄서 한 명은 잘 일어서지 못하고 심하게 비틀거렸다. 친구는 그가 아모코에서 일하고 있고 내일은 유전으로 돌아가야 한다고 했다. 가족들은 그를 계속 부축하면서 볏짚 정자로 데리고 갔다. 누군가 기름 램프에 불을 밝혔다. 그는 한 번 구토를 한 다음에 잔치에 합류했다.

8월 말이다. 목장 위 높은 암벽의 처마에서 바람이 웃음소리를 내면서 건초 초원을 휘젓고 내려온다. 선댄스 행사 이후에 몇 가지 이미지가 계속해서 떠오른다. 조개껍데기 같던 댄서들의 몸이 점점 더 작아지고 그들을 둘러싼 관중들의 열기는 점점 더 뜨거워지고 확장되던 모습들. 이렇게 마찰하는 지점에서 관대함이 나타난다. 가을로 가는 환절기도 그런 의식과 같다. 더위와 추위가 스타카토 리듬처럼 번갈아 나타난다. 여름의 자력은 반대로 바뀌면서 내 위에 떠가는 모든 비행기들을 멀리 보내버리는 것 같다. 구름 속에서 여름의 마른번개가 하늘을 한 번 휩쓸고 지나가다가 차가운 빗방울을 뿌리고 폭풍우의 소함대는 마치 사슴의 쭉 뻗는 다리를 타고 오듯

땅으로 미끄러져 내려온다. 나는 비워진 느낌과 넘쳐나는 느낌을 동시에 느낀다.

일주일 후에 한 인류학자와 그의 아내와 함께 산에서 캠핑을 했다. 남편은 인디언이고 아내는 백인인데 크로우 페어에 참석하기 위해 '강철 조랑말'이라는 애칭의 오토바이를 타고 왔다. "이 오토바이에 같이 타야 해서 삐쩍 마른 백인 여자와 결혼할 수밖에 없었어요." 두 사람이 오토바이에 앉을 때 그가 말했다. 그는 크롬 가스탱크에 얹어 놓은 자기 뱃살만큼이나 둥글고 쾌활했다. 우리 텐트 주변에는 옐로스톤 밸리의 한가운데를 차지하는 구불구불한 초원이 펼쳐져 있었다. 크로우 족, 수 족, 블랙풋 족, 샤이엔 족이 전쟁을 벌이다가 여름 평의회를 열었던 자리이기도 하다. 남쪽의 울프 산맥은 방크스소나무로 뒤덮인 뾰족한 산맥으로 이루어져 있다. 계곡 사이 자글자글하게 주름진 마른 내천에는 응고된 피처럼 검붉게 변한 초크체리가 지천에 피어 있었다. 최근에 이 근방에 화재가 났는데, 그 근처가 커스터 중령[1]의 그 유명한 마지막 전투지다. "그 망할 놈의 금발머리가 한 올이라도 남아 있었다면 지금은 다 타서 사라졌을 거야." 불을 끄느라 고생했던 한 크로우 족 친구가 말했다. 일부 크로우 족이 커스터 중령의 용병이 되긴 했지만 그들이 백인에게 우호적이었다기보다는 다른 부족에 대한 적대감으로 인해 일시적으로 맺은 동맹이었던 것으로 보인다.

크로우 페어는 5일간 열리는 인디언 스타일의 지방 축제다. 일반 미국 축제와 다른 점은 인디언들이 경작민이 아니라 유목민이었

---

1 George A. Custer(1839~1876). 남북전쟁과 인디언 전쟁에서 기병대 사령관을 지낸 미국의 군인.

다는 점이다. 이 축제에서는 말 끌기, 황소 심사, 케이크 가판대 대신 밤새도록 추는 인디언 춤, 전통 의상 퍼레이드, 경마와 베팅 등이 이어지는 긴 로데오가 펼쳐진다. 언덕 위에서 대여 텐트를 치다가 아래를 내려다보니 야영지에 500개가 넘는 티피 천막이 보였다. 픽업트럭, 확성기, 어디에나 있는 알루미늄 접이식 의자가 없다면 19세기 초의 인디언들의 여름 회의장과 비슷해 보였을 것이다. 티피 천막, 일반 텐트, 작은 정자가 원형으로 둘러싼 중앙에는 매점이 있고 그보다 더 중앙에는 커다란 야외 댄스장이 있다.

케임브리지에서 온 나보다 많이 어린 친구 어설라는 인디언들이 아직까지도 이런 전통 방식으로 살고 있냐고 물었다. 물론 현재의 인디언들은 티피 천막에서 살지 않지만 천막이 적당히 낡고 친근해 보였기 때문에 그렇게 생각하는 것도 무리는 아니었다. 티피 천막과 원형 댄스장이 상징하는 인디언 전통 생활의 '온전함'은 이 파우와우[1]에서의 어우러짐에서도 찾아볼 수 있다. 인디언들은 밤이 되어도 집에 돌아가지 않고 마을의 중심 활동이 벌어지는 곳에 집단으로en masse, 즉 여러 세대에 걸친 대가족과 부족과 늘 함께 있다. 아이들을 여름 캠프에 보내면서 우리도 같이 따라가는 것이라고 할까.

축제 시작 이틀 전, 트럭 뒷문으로 티피 천막 기둥을 매단 픽업트럭들이 들어오기 시작했다. 풀들을 정리하고 캔버스 천의 텐트들이 펼쳐지면 12시간 만에 마을 하나가 뚝딱 만들어진다. 티피 천막과 일반 텐트는 주로 취침 시에만 사용되는데 아랍의 텐트처럼 푹신푹신하다. 벽마다 러그를 달아놓고 가운데 랜턴을 걸고 의식에 필

---

1 powwow. 원주민 전통 행사를 일컫는 말.

요한 북을 넣어놓는다. 야외 주방은 캔버스 천으로 된 그늘막 아래나 볏짚 정자에 설치한다. 짐 상자는 부엌 선반으로 사용하고 긴 피크닉 테이블에 음식이 차려진다. 캠프들이 가깝게 붙어 있기 때문에 사이가 안 좋았던 부족들 사이에서도 화해 모드가 형성되고 아이들은 여러 텐트를 자유롭게 돌아다니며 논다.

아침 퍼레이드에서는 전통 비즈 장식 작품들, 엘크 이빨 셔츠, 사슴 가죽 드레스, 비즈 모카신 등을 볼 수 있지만 개인적으로 가장 흥미로웠던 점은 전통과 현대의 공존이었다. 전사 복장을 입은 수족 소년이 쉐보레 콜벳 후드 위에 올라가 있다. 창문이 뿌연 밴은 별 모양 퀼트 이불과 바구니로 덮여 있다. 자동차 스피커에서 뉴웨이브 음악이 쿵쾅거리며 울려댄다. 마지막 인디언 척후병인 화이트맨은 아내와 1톤 대형 트럭을 타고 다녔는데 아내는 갈색과 흰색 줄무늬 양산으로 햇볕을 가렸다. 사람들 말에 따르면 부부 모두 110살 넘게 살았다고 한다.

어설라와 나는 가장 먼저 도착한 사람들 중에 하나였는데, 모두가 로데오가 늦게 시작한다는 것을 아는 듯했다. 시가를 피우며 우리에게 티켓을 팔았던 젊은 청년은 알고 보니 알래스카 배로에서 온 에스키모였다. 그는 '비열한 평원 인디언들'과 살기 위해 남쪽으로 내려왔다고 했다.

크로우 족은 1700년대 후반에 이 계곡으로 와서 쇼쇼니 족과 결투하여 빅혼, 배드랜드, 윈드 리버 산맥 사이의 펼쳐진 영토를 차지했다. 이들 바로 옆에서 사냥을 했던 오스본 러셀 같은 사냥꾼들은 크로우 족이 키가 크고 무례하고 오만하지만 궁지에 몰리면 바로 복종을 한다고 묘사했다. 러셀이 만난 한 족장은 머리카락이 3미터 넘게 길기도 했으며 크로우 족의 비즈 장식은 "지나치게 화려하다"고도 했다. 크로우 족은 수 족과 블랙풋 족을 습격하다가 이 부족 사이에 끼여 고초를 당한 적이 있었고 이때부터 군사주의적인 정치를 도입했다. 아직도 '행정 방위군'이라 새겨진 경찰차가 캠프를 돌아다니는 것을 보면 이들의 스타일을 짐작할 수 있다. 또 크로우 족은 말을 다루는 데 천부적인 재능을 타고 나서 유명한 말 도둑들이 되기도 했다.

　로데오가 시작되기 전에 원 음정에 그리 충실하지 않은 〈갓 블레스 아메리카_God Bless America_〉(미국 국가가 아니다)가 연주되었다. '워리어스'라는 재치 있는 이름의 로컬 밴드가 우리 앞 무대에서 워밍업을 하고 있었다. 소와 말들이 버킹 게이트에 들어갈 때 워리어스는 〈그는 그저 코카콜라 카우보이_He's Just a Coca-Cola Cowboy_〉를 연주했다. 보통 로데오는 두세 시간씩 진행되지만 크로우 족의 말에 대한 남다른 열정을 보여주듯 이 날의 로데오는 7시간이나 이어졌다.

　올나잇 댄스가 시작되기 전에 우리는 매점 부스를 한 바퀴 돌았다. 콘도그와 인디언 타코(콩과 핫소스를 얹은 튀긴 빵) 사이에는 비디오 게임들이 늘어서 있었다. 메누도(멕시코식 해장국)와 캐러멜 사과 사이에는 두 개의 도박 텐트도 있었는데 하나는 빙고, 하나는 포커다. 돌아다니다 보면 나바호 스타일로 구운 옥수수 바비큐와 타오스 빵도 먹을 수 있고, 버펄로 버거와 콜라를 먹을 수도 있다. 쉽록 지역에서 온 나바호 족이 만들어주는 버거도, 오글랄라 수 족의 스타일로 요리한 버거도 있다. 귀에 피어싱을 한 어설라는 돌아다니다 오팔색 귀걸이를 하나 샀다. 나는 '크로우 페어'라 적힌 기념 티셔츠를 사고 춤이 시작될 때까지 여기저기 돌아다니면서 구경했다.

어둠이 찾아왔다. 이전에 참가했던 선댄스에서의 춤은 댄서들이 같은 자리에 서서 발만 움직이는, 약간은 경직되고 최면을 거는 것 같은 춤으로 계속된 떨림을 만들어내고 롯지에서 그 떨림이 뿜어져 나와 우리의 다리뼈와 관자놀이를 두드리는 식이었다. 그러나 크로우 페어의 춤은 과시적이고 눈부셨다. 단체 춤, 전쟁 춤, 동물 춤, 경연 춤 등에는 특별한 목적이 없어 종교적 기원이 있는 춤과는 다르다. "이 축제에서는 염색 칠면조 깃털, 플라스틱 엘크 이빨, 인디언 디스코를 추는 아이들을 실컷 볼 수 있어." 이렇게 말한 친구는 세인트루이스 출신의 이탈리아계로 열여섯 살에 카이오와 족 여성과 결혼해 와이오밍으로 이주해 쇼쇼니 족과 함께 살고 있다. 부조화는 전통만큼 그의 삶을 빛나게 하는 요소다. "우리는 이렇게 저렇게 약간씩 동화되며 살아가는 거 아닐까. 삶이란 단지 변이 과정이잖아."

댄스장의 조명은 중앙 12미터 높이 전봇대에 달린 수은 램프다. 모닥불이나 콜맨 랜턴은 없다. 정식 행사는 영어로 된 긴 기도로 시작하는데 내 앞에 서 있던 크로우 족 어린이가 장난감 총을 설교자와 자기 자신, 나에게 조준하며 장난칠 정도로 분위기는 자유로웠다. 북을 치는 밴드만 여섯 팀으로 나이트 호크, 휘슬링 엘크, 플렌티 쿠프, 맥파이, 솔트레이트 크로우 같은 이름의 밴드들이 댄스장 주변에 자리했다. 축제에 온 사람들은 아시니보인 족, 아파치 족, 쇼쇼니 족, 수 족, 카이오와 족, 아라파호 족 등으로 다양하지만 우리가 본 춤은 플레인 인디언, 즉 평원 인디언의 춤뿐이었다. 해를 따라 가듯이 길게 줄 서서 시계 방향으로 춤을 추는 댄서들은 수레바퀴의 바퀴살 같기도 했다. 어느 누구나 춤을 출 수 있기에 가끔은 모두가 춤 추는 것처럼 보였다. 아기와 할머니, 아들과 아버지, 어머니와 딸 등의 가족 단위의 관객들이 접이식 의자와 펜들턴 담요를 들고 댄스장 주변으로 몰려들었는데 모두 차림새가 근사했다. 본격적으로, 끝나지 않는 긴 춤이 시작되었다. 걸스 팬시 숄, 보이스 트래디셔널, 패스트 앤 슬로 워 댄스, 홉 댄스, 핫 댄스, 그래스 댄스 등의 이름이 붙은 춤이었다. 부족에 상관없이 누구나 합류해서 추는 춤이 있고 부족 간의 춤 경연도 있다. 경연 참가자들은 야생마 타는 카우보이들처럼 등에 등번호를 달고 참가하는데 의상도 이를 데 없이 화려하고 정교했다. 심홍색이나 밝은 녹색으로 염색하고 끝부분에 솜털을 단 커다란 깃털이 엉덩이마다 달려 흔들거린다. 발목부터 엉덩이까지 방울을 달기도 한다. 핫 댄스를 추는 댄서들은 고슴도치 털을 머리에 쓰고, 워 댄서들은 곧거나 굽은 창을 들고, 소사이어티 댄서는 귀가 뾰족한 늑대 머리를 쓰고, 술 달린 사슴 가죽 드레스를 입은 여자들은 우아한 독수리 깃털 부채를 들고 다녔다. 혼자 돌아다니고 있는 한 청년은 얼굴과 가슴에 검은 선을 너무 진하게 그려서 완전히 검은 얼굴로 보였는데 나중에 알고 보니 백인이었다. 꽤 많은 백인들도 매일 밤 같이 춤을 추었다. 독일에서 온 열렬한 핫 댄스 마니아 커플도 있었다. 말을 붙여보려고 했는데 독일어 외에는 크로우 족 언어만 할 수 있어 대화는 되지 않았다. 열 살 가량의 금발머리 소년은 입양 부모인 아파치 인디언과 애리조나에서부터 올라왔다고 하는데 치즈가 뚝뚝 흐르는 나초를 실컷 먹더니 댄스 대회에 참가하러 나갔다.

나는 기분 좋게 스치는 수많은 몸들과 내 볼을 쓰다듬는 깃털들 사이를 비집고 나가 정자의 처마 그늘 밑에서 다른 사람들과 함께 동그랗게 섰다. 만 세 살도 채 안 되어 보이는 소년이 인디언 깃털 모자를 쓰고 몸에는 종을 달고, 댄스 광장 안으로 들어갔다. 손목에 매단 은박 풍선은 물고기 모양이었다. 네 명의 소년들은 낮게 깔려 있는 전신주 근처에서 초원 뇌조 춤Prairie Chicken Dance 을 추며 몸과 어깨를 흔들어댔다. 패스트 댄서들은 마치 불꽃놀이의 바퀴가 돌아가는 것처럼 다른 사람들의 두 배 속도로 돌았다.

정자 밖에서도 활발한 움직임과 축제 분위기는 계속 이어졌다. 인디언 청소년들은 비틀비틀하면서 환한 매점들을 지나 자동차의 헤드라이트가 밝혀진 길을 따라 불이 밝혀진 텐트와 티피 천막들 사이로 걸어갔다.

정자는 새벽 3시에 문을 닫았고 우리는 언덕을 걸어 올라가 침대로 쏙 들어갔다. 술 취한 두 사람이 지나가다 말했다. "어? 이게 뭐지? 묘지인가?" 한 명이 텐트를 발로 차면서 말했다. 우리가 대답이 없자 그들은 수풀 속으로 사라졌다. 나중에, 떠돌이 밴드인 포티나이너스49ers가 야영지 세레나데를 시작했다. 이들은 축제 내내 매일 새벽까지 노래를 불렀고 그들의 둥둥거리는 북소리를 들으면서 잠을 자니 잠조차도 또 하나의 춤처럼 느껴졌다.

크로우 페어의 낮은 한없이 덥고 밤은 꽤 춥다. 덜컹거리는 트럭 소리에 깼는데 (백인인) 정화조 청소부가 옥외화장실을 파는 작업을 하고 있었다. 몬태나 주 리빙스턴에서 늦게 도착한 친구들이 바닥에서 침낭을 두르고 자고 있었다. 나는 라디에이터에 넣으려고 가져온 물로 양치를 했다. 한낮엔 인적 없고 따분해 보이는 댄스 정자는 청소 담당 크루들의 손길로 새 단장을 하고 있었다. 이즈음 모든 활동은 다른 곳에서 벌어지고 있었는데 캠프 뒤쪽 절벽을 향해 걸어가자 거의 200여 명의 아이들이 리틀 빅혼 강에서 물놀이를 즐기고 있었다.

그날 오후 나는 영민하고 밝은 크로우 족 드러머 게리 존슨의 캠프를 방문했다. 그는 비즈 장식을 손보면서 파리를 쫓으며 말했다. "당신들이 우리 버펄로를 죽였으니 나는 당신들 파리를 죽여줄게요." 내가 의자를 끌고 그에게 가까이 앉자 그는 장난스러운 미소를 지으며 말했다. 꼬마 소년이 게리의 드럼 스틱을 들고 맥주 쿨러의 금속 부분이 움푹 팰 때까지 두드렸다. "그냥 놀게 놔두세요. 괜찮아요." 게리는 꼬마를 말리려는 아이 엄마에게 말했다. "저렇게 하면서 자유롭게 음악을 만들어보는 거예요." 드러머가 된다는 것은 가수가 된다는 것과 같은데, 사람의 목소리는 타악기처럼 사용되고 드럼은 목소리처럼 사용된다. "이 꼬마 애 데려다 키우고 싶네. 매일 밤 같이 연주 다니게."

유목민인 크로우 족의 삶에는 굽이굽이마다 언제나 이동과 음악이 있다. 출생, 사춘기, 결혼, 죽음을 축하하는 춤이 모두 따로 있었다. 치유의 춤, 사냥꾼의 춤, 모든 움직임이 반대로 이루어지는 거꾸로 춤도 있었다. 성취를 축하하는 춤, 낯선 사람 환영 춤, 손님 맞이 춤, 동맹 기념 춤, 불화의 춤도 있었다. 인간이 노래를 작곡한다기보다 동물과 식물과 폭풍우를 받아 적었다고 할 수 있다. 영양은 어머니들에게 자장가를 들려주고, 천둥과 바람은 치유의 노래를 불러주고, 곰은 사냥 노래를 가르쳐주었다.

카를로스 카스타네다[1]는 식물에게 말 거는 법을 알려주는 사람

---

1 Carlos Castaneda(1925~1998). 페루 출신의 문화인류학자이자 작가로, 멕시코 인디언의 샤머니즘을 연구했다.

으로 알려져 있지만, 미국 원주민들에게 이러한 전달 풍습이 얼마나 흔했는지 우리 중 아는 사람은 거의 없었다. 게리에게 이 캠프에만 존재하는 종류의 텐트인 분홍색과 빨간색 줄무늬 티피 천막에 대해 물었더니 대답해 주었다. "치료의 티피 천막이라고 보면 돼요. 어떻게 하다 보니 내가 물려받았지. 어느 날 개울물이 솟아오르더니 이 티피 천막 안에 사는 남자에게 여자처럼 옷을 입고 여자처럼 살라고 했다네. 그게 그 사람에게는 약이었던 거지. 그래서 그 남자는 버다치[2]가 되었다고 해." 그가 심각한 표정으로 말했다. "저 티피 천막 안에서 무엇이든 할 수 있지만 저 안에서 잠을 자면 저주받을 거야."

D. H. 로런스는 자신이 본 아파치 족의 의식을 "춤을 추는 새들의 발"이라 묘사하면서 이들의 음악이 그 안에서 "새로운 뿌리의 슬픔, 새로운 뿌리의 풍요"를 발견했다고 말한 적이 있다. 그다음 사흘 밤 동안 나는 푸른 뇌조가 빠르고 혼란스럽게 움직이는 모습을 보았는데, 새의 발은 발굽처럼 땅을 밟는 것 같기도 혹은 모카신으로 땅을 에로틱하게 마사지하는 것 같기도 했다. 거의 모든 사람이 떠난 어느 날 밤, 나는 여자들의 노랫소리를 들었다고 생각했다. 알고 보니 십 대 소년들이 가늘고 쉰 목소리의 가성으로 울부짖듯 노래를 부르고 있었다. 게리도 그 십 대 소년들 옆에서 북을 치고 아들과 아내와 같이 춤을 추었다. 수 세대에 걸쳐 반복되어 온 행위였다. 반짝이는 비즈 장식이 그들의 꿈의 자취를 발견하고 그들

---

2 berdache. 북미 원주민 중 생물학적 성별과 다른 성 역할을 하는 사람을 일컫는 말.

을 꿈꾸었던 조상의 몸으로 다시 이어주는 일이 얼마나 사랑스러웠는지 모른다.

저녁 내내 비가 오락가락했다. 관객들과 대부분의 댄서들이 떠났다. 쓰레기 더미, 음료수 캔, 핫도그 포장지, 옥수수 껍질, 튀긴 빵 조각들이 나무 벤치 위에 쌓여 있었다. 나는 크로우 페어의 밀물이 아니라 썰물을 타고 있었다는 것을 알고는 있었다. 물론 이곳에서 비즈 세공업자들의 비즈 작품, 댄서들의 댄스 스텝, 인디언성을 확인하는 인디언성을 보았고 이 문화들이 그 모든 역경과 탄압에도 불구하고 자발적인 힘으로 살아나서 미약한 신호를 내보내고 있었다. 미약한 신호이긴 했지만 신호는 신호였다. 마지막 부족 간 춤이 발표되었다. 드럼 그룹 중 세 팀이 짐을 싸서 떠나는 가운데 카우보이 복장의 크로우 족 남성들이 잔디밭으로 걸어왔다. 이들은 모카신이 아니라 부츠를 신고 담배를 피우며 긴 줄에 섰다가 이리저리 뒤섞이기도 했다. 그들과 함께 날카롭고 떨리는 노랫소리가 들려왔는데, 이 노래를 듣는 사람이면 누구든 산만하고 복잡한 생각에서 벗어나 세상의 본질에 가까이 가려고 해보지 않을까. 이 의식의 화려한 장식을 넘어서는 것은 바로 이 의식의 주제일 것이다. 마지막 순간, 한 소년이 뛰어올라 열심히 스텝을 밟으며 패스트 댄스를 추기 시작했고, 깃털 머리 장식은 번개처럼 등 뒤로 요란하게 흔들렸다. 문득 이 소년은 얼마나 다양한 문화를 받아들이고 그 문화가 이 소년에게 무엇을 가르쳐줄지 궁금해졌다. 소년의 발에서 아주 가까운 곳에 깔린 어린이 담요에서 꼬마들은 세상모르고 자고 있었다. 아이들이 매단 깃털은 구부러지고 비뚤어져 있었고 모카신 몇 개는 없어졌다. 기다랗게 땋은 머리에 피부가 너무 흰 편이라 어쩌면 백인

이었을지도 모를 크로우 족 남자가 아이들을 데리러 왔다. 남자는
아무도 깨지 않게 조심스럽게 한 명씩 안아서 데리고 나갔다.

12장

폭풍, 옥수수 밭, 엘크

지난주에 구름 덩어리들이 여름의 녹색 사다리를 타고 내려오더니 폭풍을 풀어놓았다. 폭설은 권투 선수의 주먹처럼 난폭했다. 나무를 내리치고 건초 밭과 곡물 밭을 사슴 침대처럼 짓눌러놓고 금빛으로 탈색된 옥수수는 난데없는 난투극에 휘청거렸다. 우리는 밤새도록 미루나무 줄기가 부서지며 내는 신음 소리를 들었다. "망할, 지난밤에 무서워서 식탁 아래에 웅크리고 잤다니까." 한 이웃 목장주가 내게 말했다. "나무가 우리 집 지붕을 뚫고 들어왔지 뭐유." 고속도로를 따라 전선들이 말의 고삐처럼 떨어져 있었다.

폭풍이 다코타 주를 지나 동쪽으로 불어오면서 푸른 하늘이 짙푸르게 변했다. 하늘은 냇가와 마른 황무지를 조용히 파란 잉크로 물들였다. 그리고 상상할 수 있는 가장 절제된 행동으로 미루나무, 갈대, 야생화는 스스로를 불그스름한 색, 녹갈색, 적갈색, 암갈색, 황갈색으로 물들였는데 우리는 이러한 현란하고 과다한 스펙트럼의 색감이 우리를 향해 달려올 찬바람과 추위의 징조임을 알고 있다.

프랑스 사람들은 가을 나뭇잎을 고엽feuille morte이라고 부른다. 나뭇잎들이 마침내 서리에 의해 부패되면 비와 함께 쓸려 내려가고 나무는 스스로와 절연하기로 작정한 듯 모든 잎을 털어내 버린다.

가을 내내 우리는 두 개의 목소리를 듣는다. 한 목소리는 모든 것이 익었다고 말하고 다른 목소리는 모든 것이 죽어간다고 말한다. 이 패러독스는 매력적이다. 일본어의 '아와레哀れ'라고 하는, 영어로는 거의 번역할 수가 없는 이 단어는 '아름다움과 비의가 공존함'이라는 의미다. 언젠가 우리는 이 약탈자 같은 멜랑콜리에 대항해야만 한다. 꿈은 환각 효과를 불러일으킨다. 한 꿈에서, 죽어가고 있는 남자가 커다란 오두막에서 어떤 광경을 보고 있는데 종마들이 진흙 위를 달려가고 이들의 불알이 열리더니 정자가 검은 땅 위에 떨어지는 것이다. 책을 읽다가 잇큐라는 선불교의 승려가 쓴 문장이 생각났다. "당신이 애무하는 피부 아래에 뼈가 자신을 드러낼 날을 기다리고 있음을 기억하라." 하지만 또 다른 날에 꾼 꿈에서 나는 산에서 말을 타고 있었다. 절벽에 커다란 사시나무가 우아한 기린처럼 서 있고 다른 작은 수풀들이 순수한 각광을 내뿜어 모든 무거운 것들을 밝힌다.

가을은 목장주들에게는 한 해의 마무리를 의미한다. 세 번째와 네 번째 건초를 쌓아두고 소와 양을 모아서 젖을 떼어 출하하고 한 살 된 수송아지와 망아지는 판다. "우리는 이맘때 좋아해요. 특히 소 값 오르면 기분 째지죠." 3대째 목장을 운영하는 남자가 말했다.

이번 주에 나는 빅혼 산맥에서 소와 송아지를 모으는 일을 돕는다. 이달 초에 1미터의 눈을 내리게 한 폭풍은 이제 강하고 지속적인 비를 몰고 온다. 소를 타는 일은 스키를 타고 하는 터치 풋볼 게임과 비슷한데, 소와 카우보이들은 서로 부딪치고 송아지는 뒤로 뛰어가고 말은 미끄러진다. 오늘 두 번이나 나와 함께 말이 미끄러져 가파른 비탈길 위에 세게 넘어졌지만 진흙과 눈이 너무 깊게 깔려 있어서 멍은 하나도 들지 않았다.

마침내 소들을 모으면 우리는 도로 옆에 검은 진흙이 정강이까지 닿는 이동식 우리에서 송아지 젖을 뗀다. 개들은 움직이려면 거의 헤엄을 쳐야 할 정도다. 한번은 소를 피하려다 진흙에 발이 푹 빠졌고 부츠 두 짝을 모두 잃어버려 맨발로 울타리를 넘어 가야 했다. 젖떼기는 여간 시끄러운 일이 아니다. 암소들은 자신의 슬픔을 감추지 못하기에 송아지가 세미 트럭과 사료 트럭에 실릴 때면 한번에 500~600마리의 어미 소들이 통로 주변으로 몰려들어 목을 쭉 뺀 채 네모난 얼굴을 하고 다 같이 서러운 울음소리를 낸다.

이웃 목장주가 산악 고속도로를 넘어서 이제 막 시내에 들어서려는 찰나에 소를 한 마리 잃어버렸다. 잔디밭과 화단, 잡화점과 소방서 주변을 가로지르는 추격전이 벌어진다. 황소는 전속력으로 달리다가 마이크가 밧줄을 던져 묶으려는 순간 소방차 뒤로 몸을 피한다. "뭐 잃어버렸나?" 한 친구가 창밖으로 고개를 내밀어 소리를 지르고 두 번째 밧줄이 불타는 후프 모양으로 땅에 떨어진다.

"저건 아무것도 아니야." 구경꾼 하나가 말한다. "한번은 우리가 소들을 끌고 케이시 마을을 지나가는데 목사가 무슨 소리인가 하고 교회 문을 열어본 거야. 늙은 소 한 마리가 목사 옆을 지나쳐 교회 안으로 들어갔지 뭐야. 그 소 꺼내느라 그 목사 지옥 갔다 왔지 뭐요."

계곡에서는 수확이 시작되었지만 땅은 질척거린다. 강낭콩은 싹이 트고 있고 사탕무는 진흙으로 뭉쳐져 있어 진흙과 사탕무가 구별이 안 되어 이후에 나는 진흙 덩어리만 보면 달콤한 열매가 아닌가 생각하게 되었다. 밤이 되면 폭풍우 사이로 달이 빼꼼 얼굴을 내밀고 진흙을 사탕과자 색깔로 물들인다. 농부들은 마지막으로 벤 건초들을 땅에 뿌려두고 말리는데 마치 이 건초들은 다리를 다쳐 침대에 누워 있는 환자들 같다. 이미 베어진 건초는 축축하다. (1년 강수량이 20센티미터인 카운티에) 이번에 내린 비만 10센티미터였으니 건초에도 곰팡이가 피어오른다.

아침의 하늘은 누런색 치즈 같다. 코발트 빛 바퀴는 잘려 나가고 가을의 모든 풍요가 이제 우리 발밑에 깔려 있다. 차가운 서리가 가을 나무들을 찔러대면 붉은 빛은 황갈색으로 바뀐다. 새벽에 깎은 건초 초원은 호박색이고 잎이 다 떨어져 버린 버드나무는 분홍색과 은색의 지휘봉이 되어서 들리지 않는 강의 오케스트라를 지휘한다. 그날 날씨에 맞춰 얇게 옷을 입으면 어느 순간 추위에 감각을 잃으며 죽은 산호처럼 창백해진다.

아침 식사를 마치면 끝내야 할 가을 일거리가 많기만 하다. 관개 도랑의 수문에 기름칠을 하고 방수포를 걷어 올리고, 말굽을 갈고 말을 겨울 목초지로 데리고 간다. 이제 추수기의 달은 사냥꾼의 달이 된다. 소와 양이 사라진 산에 엘크, 사슴, 무스 사냥꾼들이 들어온다. 한 젊은 사냥 가이드는 일찌감치 부상을 당했다. 혼자 있는데 캠프에 있던 말이 그의 비장을 걷어찼다. 그는 움직일 수도 없어서 자신의 챕스에서 자른 가죽 조각 위에 총알의 날카로운 끝으로 SOS 메시지를 썼다. "많이 다쳤음. 통증 심함. 진통제와 의사 급." 그는 이 쪽지를 말의 고삐에 묶고 말에게 돌을 던져 캠프 밖으로 나가게 했다. 말이 산 밑의 목장 마당을 헤매고 있는데 누군가 메모를 발견해 의사가 헬리콥터를 타고 캠프로 갔다. 사냥은 조직적인 총격전 같지만 가끔은 생명을 구하는 일도 생긴다.

강물 흐르는 소리가 떠난 자리, 10월이 우리 머리 위로 떠오른다. 긴 구름의 파도가 숨겨진 암초 사이에서 피어오르는 것 같다. 산 주변에는 구름이 잔뜩 끼어 있고 수평선은 200여 미터 아래로 떨어진 듯 낮아졌다.

비는 그쳤지만 도로의 움푹 팬 곳은 찰랑거릴 정도로 물이 가득하다. 개구리 한 마리가 그 도로 개울에 신나서 뛰어든다. 가끔씩 안개가 걷히면 협곡의 어두운 가장자리나 하얀 눈 속에 수직으로 솟은 암벽의 섬이 보인다. 그곳에 올라가면 수컷 엘크가 가을 내내 하렘의 왕을 차지하기 위해 싸운다. 그들은 뿔이 난 머리로 치고받으며 서로의 뿔에 붙은 벨벳을 벗겨내고 한 수컷이 승리를 거두면 숨겨진 그루터기 위로 올라가 자신이 받아야 할 상을 받는다. 마치 인간처럼 뒷발로 직립한 채 앞발로는 암컷 엘크의 엉덩이를 잡는다.

가을이면 내 인생 또한 기이할 정도로 성욕이 넘치는 장소인 그 숲속의 그루터기가 되는 것 같다. 나무도 나도 축축하고 무르익고 색이 바래간다. 하늘이 혼탁해지면 눈의 홍채는 더 넓게 열린다. 눈앞의 옥수수 밭은 양피지 잎처럼 부서지기 직전으로 보이는데 마치 연약한 부겐빌레아가 어떻게든 북쪽의 식물 줄기를 타고 올라가 열대 빛깔의 꽃을 피우는 것만 같다. 나는 마치 도시의 거리처럼 이작게 난 길들을 지그재그로 걷는다. 이제 나는 진흙 밭고랑에, 마찰하며 서로를 톱질하는 줄기들 밑에, 발기한 듯 보이는 옥수수 속대 아래, 그 옥수수에 매달린 청동 비단 주머니들 밑에 가만히 누워 있고 싶다.

가을은 결실도 죽음이며 성숙도 부패의 하나임을 가르쳐준다. 물가에 오래 서 있는 버드나무는 녹이 슬기 시작한다. 나뭇잎이란 사실 계절을 나타내는 동사가 아닐까.

오늘 하늘은 얇은 웨이퍼 같다. 온전하지만 내 혀에 올려놓으면 분해되어 버리고 나의 심장을 강하게 뛰게 하여 다가올 겨울의 찬란함에 몸을 뻗을 수 있게 한다. 이제 나는 이 부식하는 계절에서도 천진한 다정함을 느낀다. 이 무방비 상태의 계절은 더 이상 타락할 수가 없으니. 죽음 또한 그만의 순수함이고 달콤한 진흙이 아닌가. 와이오밍을 가로지르던 폭풍의 행렬은 마치 코끼리가 꼬리를 코에 감은 것처럼 흔들리더니 고요 속으로 사라졌다.

태양도 바람도 눈도 없다. 사냥꾼들은 가버리고 흰기러기만 밭에서 뒤뚱거린다. 엘크들은 산에서 벗어나 안전한 먹이터를 향해 이동하기 시작했다. 엘크의 커다란 뿔은 이제 연회장 천장에서 흔들리다 떨어지는 샹들리에처럼 떨어져 버릴 것이다. 이 엘크들과 함께 시인 테니슨이 "햇살의 조롱"이라 부르던 아까운 가을날의 빛도 어느 순간 남김없이 사라져 버릴 것이다.

아름다운 산문의 위로

노지양

    번역하는 책 안에서 혹은 미국 뉴스에서 자주 등장하는 "flyover states"라는 단어가 있다. 비행기가 착륙하지 않고 지나가는 주, 동서부의 해안이 아닌 중서부 내륙 지방을 말하며 공화당을 지지하는 보수적인 주들을 뜻하기도 한다. 와이오밍 주는 대표적인 플라이오버 스테이트이고 관광지로 유명한 지역은 아니지만 우리에게는 신비롭고 광활한 대자연과 쓸쓸한 카우보이의 이미지가 각인되어 있기도 한데, 아마도 와이오밍 배경의 퀴어 로맨스 영화 〈브로크백 마운틴〉(2006, 이안 감독) 때문일 것이다. 이 영화의 원작인 애니 프루의 단편 소설 「브로크백 마운틴」은 1997년 『뉴요커』에 처음 실렸고 1999년에 출간된 단편집 『클로즈 레인지』에 수록되었다. 그런데 그보다 10년 전에 와이오밍의 척박한 환경과 과묵한 사람들과 이 지역 특유의 처연한 아름다움을 절묘하게 묘사한 작가가 있었다.

1946년생으로 UCLA 영화 학교를 졸업하고 다큐멘터리 감독으로 일하던 그레텔 에를리히는 사랑하는 사람을 잃은 후 방황하다 1978년부터 와이오밍에 정착했고, 1985년에 발표한 전업 작가로서의 첫 에세이 『열린 공간의 위로』는 지금까지도 미국 독자들의 꾸준한 사랑을 받고 있다.

한국에 처음 소개되는 생소한 작가가 거의 40년 전에 쓴 미국 농촌을 배경으로 한 에세이가 독자들의 가슴에 신선한 파장을 일으키리라고 확신하게 되는 이유는 뭘까? 너무도 단순하고 명백한 이유, 문학성이 뛰어나기 때문이다. 저자의 세계관은 심오하고 관찰력은 예리하며 문장력은 탁월하다. 와이오밍의 정경과 사계절을 시화처럼 보여주고 인간적인 주민들을 생생하게 그려내며 비애와 환희를 오가는 자신의 복잡다단한 감정을 섬세하게 표현한다.

와이오밍과의 화학 반응을 느꼈다는 작가는 관찰자가 아니라 생활인으로 와이오밍을 온몸으로 느끼면서 독자를 자신이 사랑한 세계로 초대한다. 책을 펼치는 순간 우리 또한 세이지로 뒤덮인 평원과 빅혼 산맥을 바라보고, 보더콜리를 데리고 양몰이를 하며, 한밤중에 암소의 분만을 돕는다. 강인하고 유능한 카우걸과 마음이 여리고 따스한 카우보이의 굴곡 많은 인생사를 듣는다. 산 중턱 양치기 마차에서 잘생기고 친절한 목장주 존을 기다린다. 로데오 경기를 보며 흥분하고 선댄스 축제에 참가해 공동체의 정신을 배운다. 우리는 한 자리에서 더 넓은 세상으로, 미처 몰랐던 삶 속으로 여행을 떠났다가 돌아온다.

에를리히는 17년 동안은 와이오밍에서만 살았고 현재는 몬태나와 하와이를 오가며 지낸다. 시인이자 소설가, 여행 작가로 활발하게 활동했고 여러 편의 글이 베스트 에세이로 선정되었으며 2010년에는 펜 소로 상을 수상하기도 했다. 1993년부터 그린란드를 매년 방문해 이누이트와 생활하며 쓴 『이 차가운 천국: 그린란드에서의 일곱 계절』에서도 거친 자연 속에서 살아가는 강인한 사람들에 대한 작가의 각별한 애정을 느낄 수 있다.

에를리히가 와이오밍의 별과 하늘과 동물, 순박하고 진실한 사람들, 스스로 만든 고독 속에서 치유받고 위로를 얻었다면, 나는 작업실 모니터 안에서 펼쳐지는 스산한 겨울 풍경, 미소 짓게 만드는 대화들, 뜨거운 감정 묘사, 우아하고 시적이면서도 강렬한 문체에 위로를 받았다. 이 책을 번역한 2023년 겨울에는 개인적으로 해결되지 못한 문제들로 감정기복을 겪기도 했지만 그래도 지금 이 순간 이 장소에서 이 일을 하고 있어 감사하다는 마음이 문득 문득 들곤 했다. "진정한 위안은 어디에서도 찾을 수 없어. 다시 말하면 어디에서든 찾을 수 있다는 말이야." 저자가 친구에게 썼던 이 문장을 간직했다가 꺼내보고 싶었다.

이 책에 실린 12편의 글을 다 읽고 난 독자들이 와이오밍 여행을 떠나지는 않을지 몰라도 이 작가의 또 다른 작품 속으로는 떠나고 싶어질 것이라 믿는다.

THE SOLACE OF OPEN SPACES

열린 공간의 위로

초판 인쇄		2024. 5. 24.
초판 발행		2024. 5. 31.
저자		그레텔 에를리히
역자		노지양
편집		강지수
발행인		이재희
출판사		빛소굴
출판 등록		제251002021000011호(2021. 1. 19.)
팩스		0504-011-3094
전화		070-4900-3094
ISBN		979-11-93635-08-7(04800)
		979-11-93635-04-9(세트)
이메일		bitsogul@gmail.com
주소		경기도 고양시 덕양구 꽃마을로 66 한일미디어타워 1430호
SNS	인스타그램	instagram.com/bitsogul
	트위터	twitter.com/bitsogul
	네이버 블로그	blog.naver.com/bitsogul